掌中書 024

唐宋傳奇

陸澹安——著

五南圖書出版公司印行

學識新知・與眾共享

——單手可握，處處可讀

「眞正高明的人，就是能夠藉助別人智慧，來使自己不受蒙蔽。」蘇格拉底如是說。二千多年後培根更從積極面，點出「知識就是力量」。擁有知識，掌握世界，海闊天空！

可是：浩繁的長篇宏論，時間碎零，終不能卒讀。

或是：焠出的鏗鏘句句，字少不成書，只好窖藏。

於是：古有「巾箱本」，近有「袖珍書」。「巾箱」早成古代遺物；時下崇尚短露，已無「袖」可藏「珍」。

面對：微型資訊的浪潮中，唯獨「指掌」可用。一書在手，處處可讀。這就是「掌中書」的催生劑。極簡閱讀，走著瞧！

輯入：盡是學者專家的眞知灼見，時代的新知，兼及生活的智慧。

希望：爲知識分子、愛智大眾提供具有研閱價值的精心之作。在業餘飯後，舟車之間，感悟專家的智慧，享受閱讀的愉悅，提升自己的文化素養。

五南：願你在悠雅閒適中……

慢慢讀，細細想

「掌中書系列」出版例言

一　本系列之出版，旨在爲廣大的知識分子、愛智大眾，提供知識類的小品，滿足所有的求知慾，使生活更加便利充實，並提升個人的一般素養。

二　本系列含括知識的各個層面，生活的方方面面。生活的、人文的、社科的、藝術的，以至於科普的、實務的，只要能傳揚知識、增廣見聞，足以提升生活品味、個人素養的，均輯列其中。

三　本系列各書內容著重知識性、實務性，兼及泛眾性、可讀性；避免過於深奧，以適合一般知識分子閱讀的爲主。至於純學術性的、研究性的讀本，則不在本系列之內。自著或翻譯均宜。

四　本系列各書內容，力求言簡意賅、凝鍊有力。十萬字不再多，五萬字不嫌少。

五　爲求閱讀方便，本系列採單手可握的小開本。在快速生活節奏中，提供一份「單手可握，處處可讀」的袖珍版、口袋書。

六　本系列園地公開，人人可耕耘，歡迎知識菁英參與，提供智慧結晶，與眾共享。

叢書主編

二〇二三年一月一日

目次

柳毅傳

儀鳳①年間，有個書生名叫柳毅，因爲去長安應試，沒有考中，將要回到湘水邊自己的故鄉去。想起有個同鄉人旅居涇陽②，便去向他告別。

他走了六七里路，路旁邊忽然飛起一隻鳥來。馬嚇了一跳，向前狂奔，又跑了六七里，才停下來。柳毅看見有一個女子在路旁牧羊，覺得有些奇怪。對她看了一眼，不料卻是個絕色的女子。但是臉上很憂鬱，衣衫也不怎樣漂亮，呆呆地站在那裡，似乎在等候什麼。

柳毅上前問道：「你有什麼委屈？——怎麼親自來做這種辛苦的工作？」

那女人開始悽楚地感謝柳毅的關懷，後來流著眼淚向他說道：「我是個不

---

① 儀鳳　唐高宗（李治）年號（西元六七六年至六七八年）。

② 涇陽　縣名，即今陝西省涇陽縣。

幸的女子，今天有勞先生動問，我懷著痛心刻骨的怨恨，怎能因為怕羞而不告訴你呢？你聽我說吧！我是洞庭湖龍王的女兒。父母把我嫁給涇川③龍王第二個兒子。我丈夫貪圖享樂，被狡僮黠婢所誘惑，一天天地厭棄我。後來我去告訴公婆。公婆又溺愛他們的兒子，不能阻止他。我訴說的次數多了，又得罪了公婆。公婆羞辱我，罰我做這樣的苦工。」她說完之後，嘆息流淚，非常傷心。

接著又說道：「洞庭湖離開這兒，不知道有多遠！隔著這茫茫的長天，信息沒法傳過去。我眞是肝腸寸斷，望眼欲穿，心裡有說不出來的悲哀。聽說先生要到南方去，那邊接近洞庭湖。我想託你帶一封信給我的父母，不知你可否應允？」

柳毅道：「我是個見義勇為的人。聽了你這番話，激發了我的怒氣和熱血。只恨我沒有翅膀，不能立刻就飛去。還講什麼肯不肯呢？可是洞庭湖中，浪高水深，我是個凡夫俗子，怎麼可以替你去送信呢？只怕仙凡路隔，彼此不能通

③ 涇川 即涇水，一名涇河，源出今甘肅省，至涇川縣入陝西省境。

達，以致辜負了你誠意的委託，違背了你懇切的期望。你可有什麼方法指導我嗎？」

龍女傷心落淚，向柳毅道謝，說道：「我對你的感激，是不必說了。假使我能夠得到回音，哪怕死了也要報答你的。倘若你不答應，我當然無話可說。如今你既然答應了我，問我有什麼方法。那麼我可以告訴你，洞庭湖也和陸上的都市一般，不難通達消息的。」

柳毅請龍女把傳信的方法告訴他。龍女道：「洞庭湖南岸，有一棵大橘樹，當地人都叫它『社橘』。你到了那邊，只要把身上的帶子解下來，一頭縛一件東西，向橘樹連敲三下，自會有人出來招呼你。你跟著他去，包你毫無阻礙。除了我信上所寫的以外，還望你把我心中所要說的千言萬語，代爲傳達。千萬不要忘記！」

柳毅道：「你所囑咐的話，我都知道了。」龍女便從衣裳裡拿出一封信來，拜了幾拜，交給柳毅。眼望著東方，憂愁啼哭，好像難以遏止自己的傷心似的。柳毅也替她十分傷感，便把信放在袋裡，又問她道：「我可不懂，你在這裡牧羊，有些什麼用處？難道神靈也要殺生的嗎？」

龍女道：「這不是羊，乃是『行雨的匠人』。」

「什麼叫做『行雨的匠人』？」

龍女道：「便是雷電一類的東西。」

柳毅留心一看，這些羊都目光灼灼，舉步矯健，喝水吃草的樣子，也有些不同。只是身體的大小，毛角的形狀，卻和平常的羊並無區別。

柳毅又說道：「我替你送了信，將來你回到洞庭湖，不要避不見面啊！」

龍女道：「非但不會避你，而且還要把你當作親戚一般看待呢。」

兩人說完了話，互相告別。柳毅向東而去，走了不到幾十步，回頭一望，龍女和一群羊都不見了。

那天晚上，柳毅到涇陽和朋友告別。過了一個多月，回到故鄉，便找到洞庭湖邊來。洞庭湖南岸果然有一棵「社橘」，於是解下帶子，向樹上敲了三下。一霎時有個武士從波浪中跳出來，向柳毅行禮，問道：「貴客是從哪裡來的？」

柳毅沒有把事實告訴他，只說道：「我特來拜見你家大王。」

武士把水撥開，顯出一條道路，便帶領柳毅進去，對他說道：「你只要閉上眼睛，一會兒就到了。」

柳毅依著武士的話，果然立刻到了龍宮。但見裡邊重樓疊閣，千門萬戶，奇花異草，無所不有。武士帶柳毅走進一間大房子，命他站在一旁，對他說道：「貴客請在這裡等一下。」

柳毅問道：「這是什麼地方？」

武士道：「這是靈虛殿。」

柳毅仔細一看，世間所有的各種奇珍異寶，這裡樣樣齊備。柱子是白玉的，階石是青玉的，交椅是珊瑚的，簾子是水晶的，綠色的門楣是琉璃雕成，長虹般的棟梁是琥珀鑲嵌。富麗堂皇，眞是說也說不盡。可是等候了好久，龍王還沒有出來。

柳毅問武士道：「洞庭君在哪裡？」

武士道：「我們大王在玄珠閣與太陽道士談『火經』，一會兒就完了。」

柳毅道：「什麼叫做『火經』？」

武士道：「我們大王是一條龍，龍的神通，全靠著水。只要用一滴水，就可以把陸地全淹沒了。那道士卻是個人。人的神通在於火，放一把火，可以把阿房宮④全部燒光。雙方神通不同，巧妙也自然兩樣。那太陽道士對於人間的道法，研究得很精通，所以我們大王請他來，聽他講道。」

話剛說完，宮門開了，許多人擁護著一個人到來。那人身穿紫袍，手執青玉。武士跳起來道：「這就是我們的大王。」說著，立刻上前去稟報。

洞庭君望著柳毅問道：「先生莫非是從人間來的人嗎？」

柳毅答道：「是的。」

柳毅向龍王行禮。龍王也還禮，命他坐在靈虛殿下，對他說道：「這水府很幽深，我又很愚昧。先生不遠千里到此，可有什麼事情？」

柳毅道：「我是大王的同鄉人，生長在湖南，在陝西遊學。最近因爲應試沒有考中，偶然騎馬閒遊，經過涇河旁邊，遇見大王的愛女在野地裡牧羊。雨打風吹，鬢髮蓬鬆，我看了心裡有些不忍，上前去問她。她對我說道，因爲丈夫虐待她，公婆又不憐惜她，所以弄到這般地步。講話時，傷心痛哭，叫人看了很淒

---

④ 阿房宮　秦始皇所造，在今陝西省長安縣西北，周圍三百餘里，後被項羽放火燒毀。

慘。她託我帶一封信給大王，我答應了，所以特地來到這裡。」於是把書信取出，交與龍王。

洞庭君看完書信，以袍袖掩面，流淚道：「這都是我做父親的不好。我輕信別人的話，不打聽清楚，以致閨中弱女在遠處遭人家虐待。先生原是個毫無關係的人，卻能這樣見義勇爲。我心裡萬分感激，怎敢辜負你的恩德！」說罷，又傷心嘆息了好一會兒，連旁邊侍從的人也都流下淚來。

這時有個太監站在洞庭君身旁，洞庭君把書信交給他，叫他送到後宮裡去。不多一會兒，只聽得後宮裡一片哭聲。洞庭君忙對左右侍從說道：「快去告訴宮裡的人，叫他們千萬不要發出哭聲，免得被錢塘君知道。」

柳毅問道：「錢塘君是誰？」

洞庭君道：「他是我親愛的兄弟，從前是錢塘江中的龍王，如今已經退位了。」

柳毅問道：「爲什麼不讓他知道？」

洞庭君道：「因爲他太勇猛了。從前帝堯的時候，曾經遭遇九年大水，就是因爲他發怒的緣故。近來他和天將們鬧意氣，把五嶽都淹沒了。天帝因爲我一向有些功勞，寬恕了我胞弟的罪過，可是還把他拘留在我這裡。錢塘江方面的人，天天在盼望他回去。」

話還沒有說完，忽然聽得一種巨大的聲音，好像天崩地裂一般。宮殿搖動，煙雲繚亂，接著飛出一條赤龍來，長有一千多尺，目光像閃電，嘴裡伸出鮮紅的舌頭，鱗甲和鬚髯都是火紅色的。頸項裡掛著一把金鎖，那鎖的鍊子環繞在白玉庭柱上。霎時間赤龍周圍發出千萬霹靂的聲音，雨雪冰雹同時落下來，那赤龍扯開了鎖鍊，立即飛上天去。

柳毅嚇得跌倒在地上。洞庭君親自扶他起來道：「不要害怕！沒有什麼關係的！」

過了好一會兒，柳毅才安定了，便向龍王告辭道：「我希望能夠保住生命回去。他再來的時候可受不了。」

洞庭君道：「絕不會再如此！他去的時候是這樣，回來的時候，就不會這樣了。你不要走，讓我稍盡主人之誼。」便命人擺起筵席來，請柳毅一同飲酒。

不多一會兒，和風拂拂，祥雲密布，使人感覺十分融和愉快。一隊隊儀仗排列著過來，隨著樂隊奏出優美的歌曲。千萬個美麗的侍女，含笑盈盈，後面有一個女子，天姿國色，珠翠滿頭，穿著很華麗的薄紗衣服。柳毅走上去一看，原來就是從前託他帶信的龍女。

那龍女的臉上又像歡喜，又像悲傷，眼淚從粉頰上滾滾流下來。一會兒她左邊升起了一陣紅煙，右邊展開一片紫霧。香氣氤氳，環繞在她的四周，把她簇擁著往後宮去了。

洞庭君笑著對柳毅說道：「在涇河被虐待的人兒回來了。」說著，他向柳毅告辭，跟著往後宮去了。一會兒，聽得宮中有人在訴苦，好久還沒停止。再過了一會兒，洞庭君又出來陪柳毅飲酒。另外有一個人跟著出來，身穿紫袍，手裡拿著一方青玉，容貌軒昂，精力充沛，站在洞庭君的左面。洞庭君對柳毅說道：「這就是錢塘君。」

柳毅起身行禮，錢塘君也很恭敬地招待客人，他對柳毅說道：「我姪女不幸，被那壞小子欺侮虐待。虧得先生見義勇爲，不遠千里到此，傳達她的冤苦。否則她在涇河一定要葬身黃土了。我們對你衷心感謝，實在不是言語所能表達出來的。」柳毅只是恭敬地對答，謙虛地表示不敢當。

錢塘君又向他哥哥說道：「剛才我辰時從靈虛殿出發，巳時到涇陽，午時在那邊作戰，未時便回到這裡。這中間我曾經趕往天上，報告天帝。天帝知道我姪女的冤苦，便寬恕了我的過失，連我以前所犯的罪也赦免了。然而剛才一下子激發了我的義憤，來不及和你說明，以致驚擾了宮廷，得罪了貴賓，心裡覺得很慚愧，不知道怎樣才好！」於是退下來，再三拜求寬恕。

洞庭君問道：「這次戰爭殺傷了多少人？」

錢塘君道：「六十萬。」

「傷害了莊稼沒有？」

「八百里。」

「那無情的小子呢？」

錢塘君道：「我已經把他吃掉了。」

洞庭君聽了一呆，道：「那小子心腸狠毒，實是難以容忍，可是你也太冒失了。幸而上帝聖明，因爲我女兒受了深切的冤苦而原諒了你。否則，叫我有何話講呢？從此以後，你千萬不要再這樣了。」錢塘君又連連作揖。

這天晚上，請柳毅住在凝光殿。第二天，又在凝碧宮設宴款待，邀請了親戚朋友，召集了盛大樂隊，備辦了醇醪美酒，羅列了山珍海味。

開始時，吹號角，擂戰鼓，旗旛招展，劍戟如林，千萬個武士在殿的右面舞蹈起來。其中有一武士上前說明道：「這是〈錢塘破陣樂〉。」在旗旛劍戟中包含著一種激昂勇猛的氣氛，武士的顧盼和馳驟中，帶著一種剽悍可怕的情味，使座中賓客看了，都毛髮直豎。

接著，奏起鐘磬絲竹來，千百個女郎珠團翠繞，在殿的左面翩翩起舞。其中有一女郎上前說明道：「這是〈貴主還宮樂〉。」音節婉轉動人，似乎在傾吐著滿懷的愁情苦緒。座中賓客聽了，不覺掉下淚來。

兩種舞蹈完畢，龍王十分高興，把綾羅緞匹賞給舞蹈的人。於是大家又坐下來開懷暢飲，喝到酒酣耳熱的時候，洞庭君拍著桌子歌唱道：

大天蒼蒼兮，大地茫茫。
人各有志兮，何可思量。
狐神鼠聖兮，薄社依牆。
雷霆一發兮，其孰敢當。

荷貞人兮信義長，
令骨肉兮還故鄉。
齊言慚愧兮何時忘！⑤

洞庭君唱完之後，錢塘君起來作了兩個揖，也歌唱道：

上天配合兮，生死有途。
此不當婦兮，彼不當夫。
腹心辛苦兮，涇水之隅。
風霜滿鬢兮，雨雪羅襦。
賴明公兮引素書，

---

⑤這首歌的大意如下：「上天蒼蒼，大地茫茫。世人各有自己的意志，很不容易猜量。狐狸與老鼠般的壞人，靠著惡勢力猖狂。只要雷霆一擊，誰也不能抵擋。感激你這位有信義的君子恩深情長，使我們的骨肉回到故鄉。我們衷心感謝你，永遠不忘。」

令骨肉兮家如初。
永言珍重兮無時無。⑥

錢塘君唱完，洞庭君也站起來，兩人一同舉杯向柳毅敬酒。柳毅侷促不安地接過杯子來，把酒喝乾，便斟了兩杯酒，還敬洞庭君和錢塘君，也歌唱道：

碧雲悠悠兮，涇水東流。
傷美人兮，雨泣花愁。
尺書遠達兮，以解君憂。
哀冤果雪兮，還處其休。
荷和雅兮感甘羞，

---

⑥這首歌的大意如下：「上帝配合婚姻，生死都有定數。她不應當做他的妻子，他也不配做她的丈夫。在涇河岸邊，她懷著一肚子的痛苦，滿鬢風霜，雨雪更打溼了她的衣褲。多虧先生傳書，使我們骨肉團圓如初。永遠感激你的盛情，沒有一天不記在我們的心中。」

山家寂寞兮難久留。
欲將辭去兮悲綢繆。⑦

唱完後，席上的人都高呼萬歲。洞庭君拿出一個碧玉的箱子來，箱內裝著分水犀⑧。錢塘君拿出一只紅色的琥珀盤來，盤裡盛著夜明珠。兩人站起來送給柳毅，柳毅推辭了一回才收下。接著後宮裡的人也將綾羅綢緞、珍珠白玉，送到柳毅的身邊。成堆成疊的、光華燦爛的珍寶，一霎時堆滿了柳毅的周圍。柳毅含笑向四面作揖道謝，忙個不停。等到興盡席散，柳毅才起身告辭。這一夜仍住在凝光殿。

第二天，龍王又請柳毅在清光閣宴飲。錢塘君藉著幾分酒意，倨傲地向柳毅

---

⑦ 這首歌的大意如下：「天上的碧雲悠悠，地下的涇水東流。可憐那美人兒淚落如雨，粉臉含愁。我代你遠道傳書，只希望替你解憂。你的冤苦果然申雪了，你的身體得到自由。叨擾你們的盛筵，我覺得意氣相投。可惜我歸心如箭，不能久留。只是那別情離緒常掛在心頭。」

⑧ 分水犀　一種珍貴的犀角，據說拿到水裡去，可以把水分開。

說道：「你可知道兩句老古話嗎？『猛石可裂不可捲，義士可殺不可辱。』⑨我心裡有幾句話，想要和你商量。倘若你答應，這是大家的幸運。萬一不行，恐怕大家都有些不便。不知你意下如何？」

柳毅道：「請你講給我聽吧。」

錢塘君道：「那涇陽小龍的妻子，是洞庭君心愛的女兒。她的性情溫柔，容貌美麗，是親戚們個個都稱讚的。不幸受那壞人的侮辱，如今與夫家斷絕了關係。我們有意把她配給你這樣一位俠義之士，與你世代做親戚，讓那受恩的人有個歸宿，愛你的人能託付終身。這樣一來，先生不是全始全終了嗎？」

柳毅聽罷，很嚴肅地站起來，冷笑道：「我實在想不到錢塘君的見解會這樣庸俗。我起先聽說你一怒之下，淹沒了九州五嶽，以發洩你胸中的憤怒。又親眼看見你掙斷了金鎖，擺脫了玉柱，去解救別人的急難。我以爲像這樣的剛強、堅

⑨ 這兩句話的意思如下：「堅硬的石頭可以把它打碎，卻不能把它彎曲。有志氣的人可以把他殺死，卻不能把他羞辱。」

決、英明、正直，實在沒有人及得上你。因爲有人觸犯了你，你能不怕死地去對付他；有人感動了你，你又能不惜生命去幫助他。這眞是大丈夫的行爲。怎麼我們賓主正在和洽親睦的時候，你忽然不講道理，用武力來脅迫人家，這太出乎我意料了！假使我在汪洋大海中，或是在深山窮谷中遇到了你，你鼓動鱗甲鬚髯，興雲降雨，要將我殺死。那時我把你當作禽獸看待，倒是死而無怨。可是你現在身穿衣冠，坐在酒席筵前，高談禮義，什麼三綱五常，什麼仁義道德，你都講得頭頭是道，便是人世間聖賢豪傑，也還不如你，更不必說那水族中的靈怪了。然而你卻想仗著粗蠢的身軀，凶悍的性格，藉著酒意，橫加逼迫，這難道是正直的行爲嗎？我柳毅渺小的身體，還嵌不滿你的一片鱗甲。但是我有一顆不畏強暴的心，盡可以戰勝你無理的氣焰。請你自己考慮一下吧！」

錢塘君聽了，侷促不安地起來謝罪道：「我生長在宮中，從來沒有聽到過這種正直的議論。剛才我說話狂妄，得罪了先生，回想一下，眞是犯了不可原諒的過失。希望先生不要因爲這件事便和我疏遠才好。」

當天晚上，他們又一同宴飲。歡樂的情況，還是和以前一樣。柳毅和錢塘君從此便成了知己朋友。

第二天，柳毅要告辭回家。洞庭君夫人在潛景殿設宴給柳毅送行，男女婢僕全體參加。夫人淚汪汪地對柳毅說道：「我的女兒受了先生的大恩，還沒有略表謝意，你卻馬上就要走了。」便命龍女在席前向柳毅拜謝。夫人又說道：「今天一別，不知道還有再相見的日子沒有？」

柳毅起先雖沒有應允錢塘君的請求，可是如今在席上，也頗露出悔恨的神氣。席散後，他起身告辭，滿宮的人都顯得很悽惶。大家送給柳毅的珍寶，奇奇怪怪，不能盡述。柳毅於是循著舊路，回到岸上。只見有十幾個侍從樣子的人，挑了箱籠物件，跟他一同走，直到把他送回家中，才告辭離去。

柳毅於是到揚州珠寶商人的鋪子裡去賣那些珠寶。百分中賣去不到一分，已經得到了百萬金錢。淮西⑩一帶的富戶，都覺得比不上他。他便娶了一個姓張的妻子。沒過多久，張氏死了。又娶了個韓氏，只有幾個月，韓氏又死了。他就搬到金陵居住。老是爲了獨身而感慨很多，想再娶一位新夫人。有個媒婆告訴

---

⑩ 淮西　淮河上游的地方，亦稱「淮右」。

他道：「這裡有個盧家的女兒，原籍是范陽⑪人。父親名叫盧浩，曾經做過清流縣⑫知縣。到了晚年，喜歡修道。獨自一人往名山大川雲遊，如今不知去向。母親姓鄭，前年把這女兒嫁給清河縣⑬張家，不幸姓張的丈夫早死了。她母親憐惜她年紀還輕，而且聰明美麗，要想替她找一個如意郎君。不知你意下如何？」

柳毅便選了個吉日，與盧氏成親。因爲男女兩家都是大富豪，所以妝奩禮物極其豐盛。金陵人士，都非常羨慕。

過了一個多月，一天，柳毅晚上進房，看見妻子的模樣，覺得很像龍女，可是美麗豐滿，似乎還在龍女之上，因此和妻子談起當年的遭遇。妻子對柳毅說：「世間哪裡會有這樣的怪事？」

過了一年多，盧氏生了個兒子，柳毅更愛她。滿月之後，盧氏換上新衣服，打扮得非常漂亮，招待親戚。

---

⑪范陽　郡名。唐朝的范陽郡，即今河北省大興、宛平等縣。

⑫清流縣　唐朝的清流縣，即今安徽省滁縣。

⑬清河縣　即今河北省清河縣。

在夫妻倆歡敘的時候，盧氏笑著問柳毅道：「你記不得我從前的事情了吧？」

柳毅道：「我們過去不是親戚，哪裡記得起你從前的事情！」

盧氏道：「我就是洞庭君的女兒。我在涇川受盡冤苦，全仗你的大力，才得申雪。我感激你的恩德，決心要報答你。自從叔父錢塘君和你談親事被你拒絕以後，大家便分開了。從此天南地北，不通音訊。父母要把我許配給濯錦江⑭龍王的兒子，但是我愛慕你的心，絕難更改，而父母的命令又難以違背，你既然把我丟開了，料想不會再有相見的日子。我當初所受的冤苦，雖然得以告訴父母，但是我決心報答你的恩德而不能達到心願的衷情，也想跑到你跟前，向你表白。恰巧你接連娶了兩次親。先娶張氏，後來又娶韓氏。直到張氏、韓氏先後去世，你搬到這裡來住，我的父母，才因我可以達成報答你的心願而感到高興。今天我和你能夠成爲夫婦，快樂地在一起過一輩子，便是死也沒有什麼遺憾了。」一邊說，一邊嗚嗚咽咽地哭起來。

⑭ 濯錦江　即今四川省成都市的浣花溪。

她又對柳毅說道：「我起先不肯說明，因爲知道你並不是爲了我的容貌而愛我。今天終於講了，是知道你對我很有情義。我是個薄命女子，不足以獲得你永久的愛情，所以靠著你心愛的兒子來寄託我的終身，不知你的意思如何？我心裡又是發愁，又是害怕，自己也說不出所以然來。你替我帶信的那一天，笑著對我說道：『將來回到洞庭湖，可不要避不見面呀！』我實在有些不懂，在那個時候，難道你就有意和我成爲夫婦嗎？後來叔父向你請求，你堅決不答應。是眞的不應允呢？還是爲了生氣的緣故？請你告訴我。」

柳毅道：「這眞是像命中註定的一般。我初次在涇河旁邊看見你，你是滿腔冤苦，面容憔悴。當時我實在只有替你抱不平之意。自己心裡打算的，除了代你帶信訴冤之外，不曾想到旁的事情。我對你說：『不要避不見面！』那只是脫口而出的一句話，哪裡有什麼旁的意思呢？當錢塘君逼迫我的時候，因爲道理上講不過去，所以激得我發怒起來。你想，我開始完全出於見義勇爲的心情，難道可以殺了人家的丈夫而娶他的妻子嗎？這是第一點不可以；我向來立志堅持眞理，豈有甘心屈服於威脅之下的？這是第二點不可以。當時我盡情地把心裡的話說出來，反駁了他一下，我只求辨明是非，不問有何危險。然而到了將要分別的那一天，見你有依依不捨的神情，我心裡也非常悔恨。但畢竟因爲禮教的束縛，不能向你表達我的衷情。如今你成了盧家的女兒，而且又居住在人間，那麼與我從前的心思沒有什麼衝突了。從今以後，我們將永遠相親相愛，你心裡不必再有絲毫的顧慮。」

盧氏聽了，因深受感動而嬌啼起來，好久不停。過了一會兒，她對柳毅說道：「你不要以爲我不是人類，便以爲我沒有感情，其實我很知道感恩報德的。龍的壽命可以活一萬年，現在我要使你和我一樣長壽，不論水裡岸上，都可以自由自在地往來。你不要以爲我的話不足憑信。」

柳毅很高興地說道：「想不到我做了一次龍宮上客，還可以得道成仙。」於是夫妻倆一同往洞庭湖朝見龍王。到了那邊，賓主間種種盛大的應酬禮節，不能詳細記錄。後來住在南海⑮，大約有四十年。他家的車馬、珍寶、衣飾、古玩，就是王公貴族家裡也不能和他相比。柳毅的親戚，都受過他的幫助周濟。夫妻倆

---

⑮ 南海　郡名。唐朝的南海郡即今廣東省大部分地方。

的年齡，儘管一歲歲地增加上去，但是容貌並不衰老，南海的人沒有一個不覺得詫異的。

到了開元[16]年間，皇帝正在注意修仙學道的事，四處訪求精通道術的人。柳毅不能安居，就帶了一家人回到洞庭湖。後來十多年沒有人知道他的蹤跡。

到了開元末年，柳毅的表弟薛嘏做長安知縣，因事降職，調到東南，經過洞庭湖。在船上向晴空遙望，忽見遠遠的波浪上湧現出一座青山。船上人都侷促不安道：「這裡向來沒有山，恐怕是水怪出現吧。」

大家正在指指點點的時候，這座山漸漸靠近船旁。忽然有一艘金碧輝煌的船從山邊開過來，指明迎接薛嘏。其中有一人高聲叫道：「我們是柳先生派來迎接的！」

薛嘏想起了柳毅，立即坐船到山下。撩起衣服，飛步上山。見山上也有宮殿，和人間一般。柳毅站在宮殿裡，前面排著樂隊，後面圍著侍女。宮殿中陳設

[16] 開元　唐玄宗（李隆基）年號（西元七一三年至七四一年）。

的珍奇古玩，比人間不知要勝過多少倍。柳毅的談論，比從前更加玄妙了，容貌也比從前更加年輕了。

開始，柳毅親自下階迎接薛嘏，握著薛嘏的手說道：「分別了不多幾時，怎麼你的頭髮已經蒼白了？」

薛嘏笑道：「你做了神仙，我卻不免要成為枯骨，這都是命中註定的。」

柳毅便拿出五十粒丸藥送給薛嘏道：「這種丸藥，吃一粒可以延壽一年。滿了五十年，你可以再來。不要老是混在世間，自尋煩惱！」

歡宴後，薛嘏起身告辭。從此以後，便杳無消息了。薛嘏時常把這件事告訴別人。過了將近五十年，連薛嘏也不知去向了。

隴西李朝威寫完了這故事，感慨道：「五種蟲類⑰的領袖，都是有靈性的。人是倮蟲⑱的領袖，能夠以信義感動鱗蟲。洞庭君的保持直道，錢塘君的矯捷豪

---

⑰ 五種蟲類 原文是「五蟲」，即倮蟲（人類）、羽蟲（鳥類）、毛蟲（獸類）、鱗蟲（魚類）、介蟲（龜類）。

⑱ 倮蟲 「倮」即「裸」字，赤身露體的意思。人的身上，沒有羽毛、鱗介，所以稱「倮蟲」。

爽，都是有所秉承的。薛嘏只是用口頭宣傳，卻沒有用文字記錄下來，但是他獨能接近神仙的境界。我認爲這件事包含著正義，所以寫了這一篇文章。」

這是一篇很著名的傳奇，原出《異聞記》，並收入《太平廣記》卷四一九。《異聞記》專錄唐人單篇傳奇，編者姓名不詳。此文末段說是隴西李朝威所作。李朝威的生平，無從查考，大約是唐德宗（李適）、憲宗（李純）時代人，可是也還不能確定。

這篇傳奇的故事，前人詩文中引用很多，簡直把它當作古典事實。大概因爲作者的文筆優美，敘事生動，所以任何人讀了都很歡喜。明朝胡應麟《少室山房筆叢》說道：「唐人傳奇小傳如〈柳毅〉、〈陶峴〉、〈紅線〉、〈虬髯客〉諸篇，撰述濃厚，有范曄、李延壽所不及。」把這篇文章的價值，看得比《後漢書》、南北史還高。其爲歷來文人所推崇，可以概見。

唐人所寫龍女靈異的傳奇，還有一篇〈靈應傳〉。內中提及錢塘君和涇川小龍交戰之事，顯然是根據〈柳毅傳〉的。至於把這故事編成戲曲，則有元人尚仲賢的《洞庭湖柳毅傳書》雜劇。據此故事而翻案的，則有李好古的《沙門島張生煮海》雜劇。此外，明人黃說仲的《龍簫記》傳奇，清人李漁的《蜃中樓》傳奇，也都是根據這個故事編成的。

這篇傳奇中，寫洞庭君的慈祥正直，錢塘君的豪爽勇猛，龍女的多情善感，都寫得十分可愛。至於柳毅的見義勇爲，不畏強暴，尤其能博得大眾的欽仰。作者大約要藉柳毅這個人，表現出自己的思想與人格來，所以寫得格外有聲有色。

崔煒

貞元①年間，有個名叫崔煒的人，是前監察御史崔向的兒子。崔向善於作詩，在當時很有名，死在南海從事②任上。崔煒住在南海，生性豁達，對於家業財產，全不放在心上，只是喜歡做豪俠的事情。不到幾年，把財產都花光了，便時常寄宿在廟裡。

那一天是七月十五日中元節。番禺的風俗，喜歡把珍奇古玩陳列在廟裡，還在開元寺前表演各種遊藝。崔煒也去觀看。見一個討飯老婆子，被人家擠倒，碰翻了賣酒人的酒罈子，賣酒人就動手打她。一壇酒的價值，算來不過一千銅錢罷

---

① 貞元　唐德宗（李適）年號（西元七八五年至八〇四年）。

② 從事　官名，是刺史的部屬，稱為「州從事」。

了。崔煒很可憐她，便脫下一件衣裳來，替她賠還酒錢。那老婆子並不道謝，逕自走了。

過了一天，老婆子來找崔煒，對他說道：「謝謝你解救了我的困難。我會用灸的方法醫治瘤，現在有一點越井岡③出產的艾絨送給你，倘若遇到生瘤的人，只要用一炷艾絨灸一下，非但能治好別人的毛病，而且你還可以得到一個美人。」崔煒笑著把艾絨收下，那老婆子忽然不見了。

過了幾天，去遊海光寺，遇見一個老和尚，耳朵上長了一個瘤。崔煒便拿出艾絨來試驗，替和尚灸了一下，那瘤果然好了。和尚非常感激，對崔煒說道：「貧僧沒有什麼東西酬謝你，只能念幾卷經替先生祝福。這裡山下有一個姓任的老先生，家財百萬，也長著一個瘤。先生能替他治好，他一定會給你豐厚的酬謝。待我寫一封信，替你介紹。」

崔煒道：「很好。」

③ 越井岡　便是越秀山，在今廣東省廣州市北。

任老頭兒聽說崔煒能替他治瘤，高興得跳起來，恭恭敬敬地把崔煒請去。崔煒拿出艾絨來，替他一灸就痊癒了。任老頭兒對崔煒說道：「多謝先生把我的病治癒。我沒法重重地酬謝你，這裡有十萬銅錢，送給先生。請你在我家多住幾天，不要離去。」崔煒便留在任家。

崔煒對於音樂向來很有研究。一天，聽得主人家堂前有彈琴的聲音，問家僮，答道：「這是主人的愛女在彈琴。」便向主人商量，借那張琴來一彈。主人的女兒偷偷地聽了，對崔煒產生了好感。

那時任老頭兒家中供奉一尊邪神，名叫「獨腳神」。每三年必定要殺一個人祭它。現在祭神的時間近了，可是作犧牲的人卻找不到。那任老頭兒便昧了良心，把兒子叫來商量道：「家裡既然無外客到來，便沒有活人祭神。我聽得人家說大恩尚且可以不報，何況醫好些小毛病呢。」便吩咐準備祭神的酒菜，想在那天半夜裡把崔煒殺死，已經偷偷地將崔煒的房門反鎖了，可是崔煒還沒有覺察。

女兒知道了這祕密，私下拿一把刀從窗洞裡丟進去，並且告訴崔煒道：「我家供奉一尊邪神。今天晚上，要殺你祭神。你可以用這把刀，砍破了窗逃走，否則你一會兒就沒命了。這把刀也希望你帶走，千萬不要留下來連累我。」

崔煒聽了，嚇得冷汗直流，便拿了刀，帶了艾絨，砍斷了窗格跳出去，拔開門閂就逃。不久，任老頭兒發覺了，帶領十幾個家僮，拿了刀槍火把，在後追趕。追了六七里，險些兒把崔煒追到。崔煒在黑暗中拚命奔跑，急不擇路，偶一失足，跌在一口枯井裡。追的人忽然不見了崔煒的蹤影，只得回轉家中。

崔煒雖然跌在井裡，幸而井底下堆積著許多乾枯的樹葉，沒有受傷。等到天亮，仔細一看，原來是一個很大的洞，大約有一百多丈深，簡直沒有法子跳出去。這洞四面凌空，曲曲折折，可以容納一千多人。

洞中有一條白蛇，身子一圈圈地盤著，足足有幾丈長。蛇的前面，放著一只石臼。山岩上有一種流質滴下來，像蜜糖一般，滴在石臼裡。那白蛇便把它當作飲料喝。崔煒覺得這蛇很奇怪，便向牠叩頭祝告道：「龍王！我不幸跌到這洞裡來。請你憐憫我！不要傷害我！」祝告完畢，便去吃那石臼中剩下來的流質。吃過之後，居然不覺得飢餓口渴。

再仔細一看，那蛇的嘴脣上也長著一個瘤。崔煒感激這蛇對他的同情，想替牠炙治。只是沒有法子得到火。過了好一會兒，遠遠地有火星吹進洞來。崔煒連忙燃著艾絨，向蛇說明，要替牠炙治。剛一動手，那瘤便立即脫落，掉在地上。

蛇的飲食，一向受到瘤的障礙，如今把瘤去掉了，感覺非常便利，便吐出一顆很大的珍珠來，酬謝崔煒。

崔煒不受，向蛇祝告道：「龍王能興雲布雨，神通廣大，隨心變化，任意隱現，一定有方法搭救我這淪陷在地底的人出險。倘若你能救我出去，回到世間，我就一輩子感激你的恩德。我但求回去，不願得到珍寶。」

那蛇就把珠子又吞下去，身體曲折盤旋，好像要到別處去似的。崔煒便作了兩個揖，騎在牠的身上。牠並不走出洞外，卻只是在洞內蜿蜒行走，約莫走了幾十里路。一路上經過的地方，都是漆黑的，可是蛇身發光，照耀兩壁，時常看見壁上畫著的古裝人物，都是衣冠整齊。最後碰到一扇石門，門上有個金黃色的野獸頭，嘴裡銜著個銅環，戶內十分明亮。蛇低下了頭，不再進去，讓崔煒跳下來。

崔煒只道已經回到了人間，走進門去，看見一間房屋，大約有一百多步開闊，原來也是一個大石洞。四圍石壁上都鑿成房屋。當中幾間，掛著金色或紫色的錦繡帳幃。帳幃上還裝飾著珍珠、翡翠，光華燦爛，好像天上一連串的明星。帳前有一只黃金的香爐，爐蓋上鑄成蛟、龍、鸞、鳳、龜、蛇、鳥、雀等種種動物，一個個張開了嘴，噴出香煙來。煙霧繚繞，香氣氤氳。旁邊有一小池，用黃金白玉砌成。池中放著水銀，上面浮著用美玉琢成的野鴨等水鳥。四面靠壁擺著床榻，榻上都鑲嵌著犀角象牙，放著琴、瑟、笙、篁、鞀④、鼓、柷⑤、敔⑥等各種樂器，一時也記不盡。崔煒仔細一看，那些樂器都是新近有人吹奏過的，心裡恍恍惚惚，不知道這是哪一位仙人的洞府。

看了好一會兒，拿過琴來，試彈一曲。忽然四面窗戶都開了，有個小丫鬟走出來笑道：「玉京子已經把崔家郎君送來了。」說完，就退往內室。一會兒，有四個女郎走出來，都梳著古裝的圓髻，穿著輕盈美麗的衣裳，對崔煒說道：「崔先生！你怎麼擅自走進皇帝的後宮來了！」

崔煒推開琴，站起來行禮，女郎也還禮。崔煒道：「既是皇帝的後宮，皇帝在哪裡？」

④ 鞀　音ㄊㄠˊ，古樂器名，一種兩邊有耳的長柄小鼓。
⑤ 柷　音ㄓㄨˋ，古樂器名，形狀像漆桶。
⑥ 敔　音ㄩˇ，古樂器名，形狀像伏虎。

女郎道：「到祝融氏⑦那裡赴宴去了。」便命崔煒坐在榻上彈琴。崔煒彈了一曲〈胡笳〉。

女郎問道：「這是什麼曲？」

崔煒道：「這是〈胡笳〉。」

女郎道：「什麼叫做〈胡笳〉？我不懂！」

崔煒道：「漢朝有個蔡文姬⑧，就是中郎蔡邕⑨的女兒。她流落在匈奴，後來歸國，想到在匈奴時種種事情，便彈起琴來，譜成這種曲調，模擬胡人吹笳的悲壯聲音。」

女郎們聽了都很歡喜，道：「這倒是新曲調。」便吩咐拿過酒來，請崔煒飲酒。

---

⑦祝融氏　上古帝皇名。

⑧蔡文姬　名琰，後漢蔡邕的女兒，有文才，通音律，是古代著名的才女。

⑨中郎蔡邕　字伯喈，後漢陳留人。「中郎」即「中郎將」，漢朝官名。蔡邕做過中郎將，所以稱「蔡中郎」。

崔煒向女郎們叩頭，請求放他回家，意思十分懇切。女郎道：「崔先生既然來了，這也是緣分，何必急於回家！請你暫且留在這裡，少停羊城使者要來，你可以跟他回去。」接著又向崔煒說道：「皇帝已經允許把田夫人嫁給你，馬上可以相見。」

崔煒莫名其妙，不敢應答。女郎命侍女去喚田夫人，可是田夫人不肯來，她說：「未曾接到皇帝的詔書，不敢見崔家郎。」再派侍女去喚她，還是不來。女郎對崔煒說道：「田夫人德行賢淑，容貌美麗，世間沒有人比得上她，希望先生好好地對待她，這也是前世的因緣。夫人便是齊王的女兒。」

崔煒道：「齊王是誰？」

女郎道：「齊王的名字叫橫⑩。從前漢朝剛把齊國滅掉的時候，他就住到海島上去。」

這時候有太陽光照進他們坐的地方來，崔煒抬頭一看，只見上面有一個

---

⑩ 齊王橫　即田橫。漢高祖劉邦滅了齊國，田橫帶五百人退居海島上，後一同自殺。

洞，隱隱約約望見人間的天色。四個女郎齊聲說道：「羊城使者到了！」便有一隻白羊從天空慢慢地降下來，一會兒到了座中。背後跟隨一個男子，衣冠整肅，手裡拿一枝大筆，還有一方青竹簡，上面寫著篆字，供在香案上。四個女郎命侍女把文字念出來道：「廣州刺史徐紳死，安南都護趙昌充替。」

女郎斟了一杯酒，遞給羊城使者，對他說道：「崔先生要回轉番禺，請你帶他回去。」

使者拱手應允，回頭向崔煒說道：「將來你需要替我更換袍服，修理房屋，作爲帶你回去的酬勞。」崔煒只能諾諾連聲地答應他。

四個女郎道：「皇帝有旨，命我們把國寶陽燧珠送與崔先生。崔先生帶到那邊去，自有外國人拿十萬貫錢來購買。」說著，便命侍女開玉匣，取出珍珠，交與崔煒。

崔煒作了幾個揖，把珍珠收下，向四個女郎說道：「我從來不曾朝見過皇帝，又不是他的親族，他爲什麼送我這樣貴重的東西？」

女郎道：「先生的父親有一首詩，題在越王臺⑪上。這首詩感動了徐紳，把越王臺和宮殿都修葺一新。皇帝很感激，也和了一首詩。今天贈送珍珠的意思，已經透露在詩中，不必我來說明了，難道先生還不明白嗎？」

崔煒道：「不知皇帝的詩怎樣講？」

女郎命侍女把詩寫在羊城使者的筆管上，那詩道：

千載荒臺隳路隅，
一煩太守重椒塗。
感君拂拭意何極，
報爾美婦與明珠。⑫

---

⑪ 越王臺　漢朝南越王趙佗所築，在越秀山上。

⑫ 這詩大意如下：「千年的荒臺坍塌在路旁，煩太守把它修理得金碧輝煌。承蒙你照顧真是感激不盡，報答你一顆明珠與一個美紅妝。」

崔煒道：「皇帝姓什麼？叫什麼名字？」

女郎道：「以後你自會知道。」接著又叮囑崔煒道：「七月十五日中元節，你要預備上好的酒，豐盛的菜肴，擺在廣州蒲澗寺靜室內。我們要送田夫人去。」

崔煒連連作揖，起身告辭，要想跨到使者帶來的白羊背上。女郎道：「你有鮑姑的艾絨，可留一點給我們。」崔煒便把艾絨留下，卻不知道鮑姑是誰。一霎時已經出了石洞，踏到平地上，使者和白羊都不見了。抬頭一望天上的星斗，已經五更天了。不多一會兒，聽得蒲澗寺的鐘聲，便跑到寺裡去。和尚請他吃了一頓粥，然後回到廣州。

崔煒在廣州本來租賃著一間房屋。那日回到寓所一問，房東道：「這房屋已經空關了三年。你究竟往哪裡去了？爲何三年不回來？」崔煒不肯把實在情形告訴他。開了房門，只見榻上堆滿了灰塵，心裡覺得有些淒涼。一問廣州刺史徐紳的情況，徐紳果然死了，由趙昌接他的後任。

於是崔煒來到波斯⑬商人的客寓裡，偷偷地要把珍珠賣掉。有一個外國老人看見了，就趴在地上行禮道：「先生一定是從南越王趙佗⑭的墳墓中出來，否則你不會得到這寶物，因爲這顆珍珠乃是趙佗殉葬的東西。」

崔煒就將事實經過詳細告訴他，才知道那皇帝就是趙佗，因爲趙佗曾經稱爲南越武帝的緣故。

外國老人出十萬貫錢買了這珍珠。崔煒問道：「你怎能認得出來？」外國老人道：「這是我大食國⑮的國寶陽燧珠。從前漢朝初年，趙佗派一個有本領的人，越過高山，渡過大海，把這顆珍珠盜往番禺。這事距離現在大約有一千年了，我們國內有個善於推算陰陽的人，他說明年國寶應當回來，所以國王命我預備一艘大船，帶了一筆很大的款子，到番禺來搜尋。今天果然得到了。」當時他用玉液來洗這珍珠，霎時間珠光寶氣，照耀一室。那外國老人就開船回轉

⑬ 波斯　即現在的伊朗國。

⑭ 趙佗　秦南海尉，後自立為南越武王，漢高祖（劉邦）定天下，封為南越王。

⑮ 大食國　古國名，即阿拉伯帝國。

大食國去了。

崔煒發了財，購置了家產，但是四處訪問羊城使者，卻毫無蹤跡。後來有事到城隍廟去，忽見神像很像使者。又見城隍筆上有細小的字，就是侍女所寫的那首詩。便預備酒菜，前往祭奠，並且把城隍身上的袍服重新著色描畫，又將廟宇添造修葺。這才知道羊城就是廣州城的別名，在城隍廟裡還塑著五隻羊。再去訪問任老頭兒的房屋，據村中的老年人說：「這裡乃是南越尉任囂⑯的墳墓。」又跑上越王殿臺去察看，見到他父親所題的一首詩道：

越井岡頭松柏老，
越王臺上生秋草。
古墓多年無子孫，

---

⑯任囂　秦始皇時人，做過南海尉（南海後來在趙佗時改稱南越，所以南越尉便是南海尉）。

野人踐踏成官道。⑰

由此想到越王所和的一首詩，來蹤去跡，甚爲奇怪，便向主管人詢問。主管人道：「從前刺史徐紳到臺上遊覽，見了崔御史這一首詩，便撥一筆款子修理殿臺，所以煥然一新。」

後來到了中元節，崔煒就把一桌豐盛精緻的酒菜，擺在蒲澗寺的靜室裡。將近夜半，四個女郎果然陪伴著田夫人到來。那田夫人容貌美麗，談吐風雅。四個女郎和崔煒一同飲酒，說說笑笑，將近天明，才起身告辭。崔煒向她們作揖道謝。又寫一封信給越王，措辭謙恭有禮，向他表示敬意和感謝。

送走了四個女郎，回到房裡，崔煒問田夫人道：「你既是齊王的女兒，爲什麼配與南越人？」

⑰這詩大意如下：「越井岡上的松柏老了，越王臺上長滿了秋草。多年的古墓沒有子孫來祭掃，被人踏成了官塘大道。」

夫人道：「我因爲國破家亡，被南越王所擄，做了他的妃子。越王死後，把我殉葬，到現在不知道有多少時候了。我親眼看見鄺生下油鍋，這還好像是昨天的事。我每次想到從前的事，眼淚便要掉下來。」

崔煒問道：「那四個女郎是誰？」

夫人道：「其中兩個是甌越王搖所獻，還有兩個是閩越王無諸所獻，都是殉葬的人。」

崔煒又問道：「四個女郎以前提起過的鮑姑，她又是什麼人？」

夫人道：「她是鮑靚[18]的女兒，葛洪[19]的妻子。她時常在南海用灸法替人醫病。」崔煒才知道鮑姑就是從前送他艾絨的老婆子。

又問道：「那一條蛇爲什麼叫做『玉京子』？」

夫人道：「從前安期生[20]時常騎了這條龍往玉京朝見上帝，所以喚牠『玉京

---

⑱ 鮑靚　字太玄，晉朝東海人，做過南海太守，活了一百多歲才死。

⑲ 葛洪　字稚川，晉朝句容人，據說曾經在羅浮山煉丹，後來得道成仙。

⑳ 安期生　秦朝琅琊阜鄉人，賣藥海上，據說後來得道成仙。

子』。」

崔煒因為在石洞中吃了龍嘴裡喝剩下來的流質，肌膚白嫩，筋骨壯健。住在南海十多年，把家中財產散光，一心學道，帶了家眷往羅浮山尋鮑姑，後來竟然不知道到哪裡去了。

這篇小說原出裴鉶所著《傳奇》，收入《太平廣記》卷三四。《傳奇》共三卷，有人說是六卷。這書早已找不到了，唯有《太平廣記》所收的二十四篇還保存著。裴鉶的生平，不甚可考。據《全唐文》和《唐詩紀事》說，他在咸通（唐懿宗李漼年號，西元八六〇年至八七三年）年間，曾經為靜海軍節度使高駢掌書記，加侍御史內供奉。後來在乾符（唐僖宗李儇年號，西元八七四年至八七九年）年間，做過成都節度使副使，加御史大夫。他跟隨高駢甚久。高駢晚年，喜歡學道，他不免受了影響。所以他所寫的小說，也以敘述神仙道術為多。

離魂記

天授①三年，有個清河縣②人張鎰，因爲在衡州③做官，所以就在那裡住下。這人性情樸實，喜歡幽靜，不多交朋友。他沒有兒子，只生了兩個女兒。大女兒早已死了。小女兒名喚倩娘，長得端莊美麗。

張鎰有個外甥，名喚王宙，太原人，從小很聰明，而且生得十分英俊。張鎰很器重他，時常說：「將來我要把倩娘嫁給他。」後來倩娘和王宙都長大了，不免產生了愛情。他們在睡夢中也互相思念，可是家裡人都不知道。

過了不久，有個同僚前來求親，張鎰竟應允了。倩娘聽到這消息，心裡非常

① 天授　唐武后年號。天授三年即西元六九二年。
② 清河縣　即今河北省清河縣。
③ 衡州　即今湖南省衡陽縣。

憂鬱。王宙也十分懊惱，推說應當調任官職了，要往京城裡去謀職。張鎰勸阻不了，只得送他一筆旅費，放他動身。

王宙抱著滿懷的悲痛，離開舅父家中，來到船上。那艘船行了幾里路，天色已晚，停泊在曠野荒郊。半夜裡，王宙還未曾安睡，忽聽得岸上有人走路的聲音，走得很快，一會兒到了船上。王宙出去一看，原來便是倩娘。她赤著一雙腳，步行前來。

王宙快活得幾乎發狂了，拉著倩娘的手，問她怎能前來。倩娘啼哭道：「你一向待我的深情厚誼，我在睡夢中也感激不忘。如今父親要我嫁給別人，我知道你對我的愛情堅貞不渝，我願意犧牲性命來報答你，所以特地逃出來尋你。」

這眞是王宙意想不到的事，他高興得跳起來，把倩娘藏在船艙裡，連夜開船逃走。每天加倍地趕路，走了幾個月，來到四川。

在四川住了五年，生了兩個兒子，一向和張鎰不通消息。倩娘時常想念父母，哭著說道：「從前我因爲不能辜負你的情意，所以寧願捨棄了雙親，逃出來跟你。如今已過了五年，長時期和慈愛的父母隔絕，我有何面目生存在天地之間呢？」

王宙安慰她道：「我們將要回去了，你不用傷心。」於是他們就一同回轉衡州。

船到衡州的那一天，王宙一個人先到張鎰家裡，說明從前的事，向張鎰道歉。張鎰道：「倩娘一直在閨中，病了好幾年，你如何說出這種奇怪的話來？」王宙道：「倩娘現在船中。」張鎰非常驚奇，立刻派人去看，見倩娘果然在船裡。

倩娘見了派來的人，滿面歡喜，問道：「父親、母親都安好嗎？」那人覺得很詫異，趕快回去報告張鎰。

房裡倩娘聽到了，高興地從床上爬起來，梳妝打扮，換了新衣裳，只是笑，不開口，出門迎接船上的倩娘。兩個倩娘遇見了，忽然合成一體，可是身上卻穿了兩套衣服。張家因爲這事太離奇了，所以嚴守祕密，但是親戚中還是有人知道的。

四十年之後，王宙和倩娘都死了。兩個兒子都中了舉人，還做了縣丞、縣尉④等官。這事出自陳玄祐所著的《離魂記》中。

陳玄祐年輕時，常聽人家講起這件事，不過各人所講的有些不同，也有人說並無其事。大曆末年，遇見萊蕪縣⑤知縣張仲規，他把這故事從頭至尾講了一遍。張鎰就是張仲規的堂房叔父。仲規講得很詳細，所以就記了下來。

《離魂記》描寫倩娘勇敢地反抗父母之命婚姻制度，達到與王宙結合的目的。反映出青年男女要求婚姻自由的強烈意志。

這故事非常有名，而且流傳得很廣泛。「倩女離魂」這句話，在詩文中時常可以見到。《太平廣記》卷三五八收有此文，題名〈王宙〉，下注云：「出《離魂記》。」但是本文中有「事出陳玄祐《離魂記》云」一句，則作者明明是陳玄祐，不是王宙。陳玄祐的生平，無從查考。本文中有云：「大曆末年遇萊蕪縣令

---

④ 縣丞、縣尉　皆官名。縣丞輔助縣令治理縣政；縣尉主捕盜賊，察奸宄，等於現在的縣警察局局長。

⑤ 萊蕪縣　即今山東省萊蕪縣。

張仲規」，可見他是唐代宗（李豫）時代的人（大曆是唐代宗年號，西元七六六年至七七九年）。

前人小說中與《離魂記》同型的故事，還有好幾篇，如《幽明錄》中的〈龐阿〉一條，《靈怪錄》中的〈鄭生〉一條，《獨異志》中的〈韋隱〉一條，與《離魂記》都有些相似。根據《離魂記》故事編成戲曲的，有元人鄭德輝所著《迷青瑣倩女離魂》雜劇。

無雙傳

王仙客是建中①年間朝中大臣劉震的外甥。起先，仙客的父親死了，他跟隨母親住在舅父家裡。劉震有個女兒，名叫無雙，比仙客小幾歲。兩個小孩在一起玩得非常親密。劉震的妻子時常開玩笑，把仙客叫做王姑爺。這樣經過了好幾年，劉震對於這位孀居的姊姊和外甥王仙客，照顧得十分周到。

有一天，劉震的姊姊生了重病，把劉震叫來囑咐道：「我只有一個兒子，當然是很關心他的，只恨我不能親眼看見他結婚了。無雙這個孩子，又美麗，又聰明，我很歡喜她，將來不要把她嫁給別人。我把仙客交託給你。你能答應我，我死也瞑目了。」

---

① 建中　唐德宗（李適）年號（西元七八〇年至七八三年）。

劉震道：「姊姊應當靜心調養，不要把這種事放在心上。」後來他姊姊終於去世了。

王仙客護送靈柩，回轉襄陽安葬。喪服滿期之後，他心中想道：「我這樣孤孤單單一個人，應當娶個妻子傳宗接代才是。如今無雙長成了，我舅父難道因爲做了大官，就不承認從前的婚約嗎？」於是他就收拾行囊，來到京城。

這時候劉震官居尚書租庸使①，門庭顯赫，達官貴人，往來不絕。王仙客拜見之後，劉震把他安頓在書房裡，和一般子姪輩住在一起。舅甥的情分，依然和從前一樣，但是絕不提起要招他做女婿的話。

他在窗縫裡偷偷地看到了無雙，見她長得十分美麗，簡直和天仙一般，心裡發狂似地愛她，只恐婚姻不能成功。於是把家中帶來的東西都變賣掉，得了幾百萬錢。凡是舅父、舅母身邊使喚的家人僕婦，以及小廝、丫鬟等等，每人都賞了

---

② 尚書租庸使　唐朝中央行政機構有「尚書省」，分為吏、戶、禮、兵、刑、工六部。每部各設尚書一人。「尚書租庸使」等於戶部尚書。

許多錢。又因爲時常擺酒請客，內宅也可以自由出入了。表弟兄們相處在一起，大家都很敬重他。遇到舅母生日，他買了許多新奇的禮物送上去。內中有犀角、美玉雕琢的首飾，舅母看了，非常歡喜。

又過了十多天，仙客託一個老媽子把求婚的事告訴舅母。舅母道：「這本來是我所願意的，我們就要商量這件事了。」

再過了幾天，有個丫頭告訴王仙客道：「剛才主母和主人談起親事，主人說：『從前我並未答應過他！』看樣子，他們的意見有些不一致呢。」

王仙客聽了這話，垂頭喪氣，一夜不曾合眼，只怕舅父不肯答應婚事。但是對於舅父、舅母的侍奉，還是不敢有絲毫懈怠。

有一天，天還沒亮，劉震已經上朝去了。到了太陽剛出來的時候，他忽然騎了馬趕回家來，滿頭大汗，氣喘吁吁，嘴裡只是喊道：「快把大門鎖上！快把大門鎖上！」

一家人都驚慌起來，不知道出了什麼事。過了好一會兒，劉震才說道：

「涇原的軍隊造反，姚令言③帶兵衝進了含元殿。皇帝從後花園北門逃出。文武百官都趕赴行宮去了。我因爲掛念家眷，暫且回家布置一下。」於是急忙把仙客喚來，對他說道：「你替我料理家務，我把無雙嫁給你。」

王仙客一聽，又驚又喜，便向劉震拜謝。劉震把金銀緞匹裝成二十件行李，對仙客說道：「你換了衣裳，押著這些東西出開遠門，找一家僻靜些的旅店，先安頓一下。我和你舅母帶了無雙出啓夏門，從城外兜繞過來。」

仙客依著舅父的吩咐，在城外旅店中等候。等到夕陽西下，還不見到人來。開遠門從午時起已經上鎖，不能出入。他呆呆地向南邊盼望，幾乎把眼睛都望穿了。沒奈何只得騎了一匹馬，拿著燈籠，繞到啓夏門外去找尋。只見啓夏門也上了鎖，守城的人很多，手裡都拿著白木棍棒，有站著的，也有坐著的。

王仙客下了馬，慢慢地挨上去問道：「城裡出了什麼事？要這樣緊張？」又問道：「今天可有什麼人從這裡出城？」

---

③ 姚令言　河中人，唐德宗時為涇原節度使，建中三年叛變，奉朱泚為皇帝，事敗被殺。

守城的人道：「朱太尉④已經做了皇帝。下午有一個人帶了許多東西，領了四、五個女人，想要從這裡出城。街上的人都認得他，說他是租庸使劉尙書。城門官不敢放他出去。將近天黑，追兵到來，把他們趕往北面去了。」

王仙客一聽，放聲大哭，回轉旅店。到了三更將盡，城門忽然開放。只見火把照耀，如同白晝，兵士們都帶著武器，手裡擎著大刀，高聲喊叫，說是斬砍使出城，搜查逃避城外的官員。仙客吃了一驚，只得把行李、馬匹都丟掉了，逃回襄陽，在家鄉住了三年。

後來知道京城已經克復，秩序安定，天下太平無事了，便進京去打聽舅父的消息。到了新昌南街，王仙客勒住馬頭，正在彷徨不定的時候，忽然有個人到馬前行禮。仔細一看，原來是老僕塞鴻。那塞鴻本是王家奴僕的兒子，仙客的舅父時常使喚他，覺得他很得力，便把他留在自己家裡。

④ 朱太尉　即朱泚，昌平人，唐德宗時為太尉。姚令言作亂，奉他做了皇帝。國號「大秦」，又改為「漢」。事敗後，被部下殺死。

王仙客與塞鴻亂後重逢，握住了手，大家都流下淚來。仙客問塞鴻道：「舅父、舅母都安好嗎？」

塞鴻道：「都在興化坊宅子裡。」

仙客高興極了，說道：「我立刻過去看他們。」

塞鴻道：「我已經贖身出來，如今住在客戶坊一所小宅子裡，靠販賣綢緞度日。今天天色已晚，公子暫且到客戶坊住一夜，明天早上同去，也還不遲。」於是把王仙客帶到他所住的屋裡，備辦酒菜，招待得甚爲周到。

到了那天晚上，忽然有人前來報告道：「劉尚書因爲做了叛黨的官，與夫人一同判處死刑。無雙已經送到宮裡去了。」

王仙客聽到這消息，哭得死去活來，連鄰居們也替他傷心。他向塞鴻道：「世界雖大，可是我舉目無親，不知道把這身體寄託到哪裡去！」又問道：「劉家從前那些舊家人，還有誰在這裡？」

塞鴻道：「只有無雙的丫頭采蘋，如今在金吾將軍⑤王遂中家裡。」

仙客道：「無雙當然不會再有見面的日子了。能夠見一見采蘋，我死也甘心。」

於是仙客備了一副名帖，以堂房姪子的禮節去拜訪王遂中，把過去的事從頭至尾告訴了他，願意出重金將采蘋贖出。王遂中和仙客談得十分投機，很同情他的遭遇，就答應了他。

王仙客租了一所房子，與塞鴻、采蘋一同住下。塞鴻時常說道：「公子的年紀一年年大起來了，應當出去謀求功名，求得一官半職才好。老是這樣的悶悶不樂，這日子怎能過得下去呢？」

王仙客被這話打動，便去懇求王遂中。王遂中把他薦給京兆尹⑥李濟運。李濟運因爲王仙客從前有過縣尹的頭銜，便派他去做富平縣尹，專管長樂驛的事。

⑤ 金吾將軍　唐朝有「金吾衛」，是皇帝的侍衛武官。

⑥ 京兆尹　唐朝建都長安，以京城及附近各地屬京兆府。京兆尹便是京兆府的長官。

過了幾個月，忽然得到報告，說有個太監押送宮女三十名，到皇帝的墓園裡去，專管灑掃的職司，當天要在長樂驛過夜。一會兒十輛氈車已到長樂驛，停了下來。仙客對塞鴻說道：「我聽說那宮女們多半是做官人家的女兒，恐怕無雙就在這三十個人中間。你可以替我去偷看一下嗎？」

塞鴻道：「宮女有好幾千哩！哪裡便會剛巧派上無雙？」

仙客道：「你只管去看，世界上的事情，有些說不定的。」

於是叫塞鴻扮作驛裡的差役，在簾子外燒茶。又給他三千文錢，囑咐他道：「你要牢牢看守在茶爐邊，一會兒也不要走開。倘若看見了什麼，趕快前來告訴我。」塞鴻答應著去了。

宮女們都在簾子裡，外邊根本看不見。那天晚上，只聽得她們鬧哄哄地在談天。到了深更半夜，一切聲音都寂靜下來。塞鴻還是在洗茶杯，搧風爐，不敢便去安睡，忽聽得簾子裡有人說道：「塞鴻！塞鴻！你怎麼知道我在這裡？王公子身體可安好嗎？」講完後，嗚咽起來。

塞鴻道：「公子便是這裡的驛官，他疑心小姐也在這一批人中間，所以派我前來問候。」

簾子裡又說道：「如今我不與你多談了。明天我們動身之後，你快到東北角房間的閣子裡去，在紫色的褥子下有一封信，你拿去送給公子。」說完，就走開了。後來忽聽得簾子裡一片喧鬧的聲音，說是有一個宮女得了急病。押送的太監很著急，向驛官要湯藥。再一打聽，那患病的宮女就是無雙。

塞鴻趕快報告王仙客，仙客嚇了一跳道：「我怎能見她一面？」

塞鴻道：「目下正在修理渭橋，公子可以扮一個監督修橋的官，等到車輛過橋的時候，你站在車子近邊。無雙倘若能認得出來，她一定會把簾子揭開，那時候你就可以見到她了。」

仙客依了他的話，等到第三輛車子過橋時，果然揭開簾子來，急忙向內偷看，車中坐的果然是無雙。仙客五悲傷怨慕，簡直沒法抑制自己的情感。

塞鴻在小閣中褥子底下拿到一封信，送給仙客。一共有五張信箋，都是無雙親筆所寫。句子寫得很淒涼，敘述經過的情形，十分詳細。仙客看了，懷著一肚子的悲傷，眼淚止不住流下來，以爲和無雙從此永別了。

那封信的後面，又批著一行字道：「我常常聽得內侍們說起，富平縣有個古押衙⑦，乃是人間有心人。你能夠去找這個人想想辦法嗎？」仙客於是向京兆尹申請，辭去了管理長樂驛的職務，回到富平縣擔任原職。

到了富平，便去尋訪古押衙。這人住在鄉村中一所屋子裡。仙客登門拜訪，與他認識之後，凡是他所需要的東西，總是竭力替他辦到。陸續送給他的綢緞、珠玉、珍寶等物，多得難以計數。這樣經過了一年，從未向他開過口。

王仙客任滿之後，閒居在富平縣。古押衙忽然前來見他，對他說道：「我古洪不過是個武夫罷了，而且年已老邁，毫無用處。公子待我，眞是仁至義盡。我體察公子的意思，大概是有求於我。我是一個有心人，感激公子的大恩，願意粉身碎骨來報答你。」

仙客流著淚向他拜謝，把實情告訴他。古押衙仰起頭來，想了一想，用手拍了幾下腦門，說道：「這件事很不容易辦，但是我不妨替你試一下。你可不要希望一兩天就能辦到啊。」

---

⑦ 押衙　管領儀仗侍衛的小武官。

仙客拜謝道：「只要生前能見到無雙，我就感激不盡了，怎敢限定日子呢！」

古押衙去了半年，杳無消息。一天，有人敲門，乃是替古押衙送信來。信上說道：「派往茅山去的人回來了，你可以到我這裡來一趟。」

王仙客騎了匹馬，趕快去見古押衙。古押衙一句話也不說。問他茅山去的人在哪裡，古押衙道：「殺掉了。你只管喝茶。」

到了深夜，古押衙問仙客道：「你府上可有認識無雙的家人嗎？」仙客對他說：「有一個采蘋是認識無雙的。」於是立刻把采蘋帶來。古押衙看了一看，很高興地笑道：「讓她留在這裡三、五天。公子只管回去吧。」

過了幾天，忽聽得外邊傳說：「有個大員從這裡經過，乃是奉旨往皇帝墳墓上去，要處死一個宮女。」仙客覺得有些詫異，叫塞鴻去打聽，原來處死的宮女就是無雙。仙客放聲大哭，嘆息道：「本來希望古押衙能救她出來，如今死了，怎麼辦呢？」他整天的流淚嘆氣，沒法抑制自己的悲慟。

當天深夜裡，忽聽得敲門聲音很急，開門一看，原來是古押衙。他背了一只竹箱進來，對仙客說道：「箱子裡盛的便是無雙。如今她死了，但是心口還有些暖氣，過一天就可以復活。你只要灌些湯藥給她吃，千萬要守祕密，不可聲張！」說完，仙客便把無雙抱到閣子裡，獨自陪伴著她。到天亮的時候，無雙全身都有了暖氣。張開眼睛，一見仙客，哇地哭出聲來，立刻又昏暈過去。救治到晚上，方才甦醒過來。

古押衙又說道：「請塞鴻幫我到屋後空地上去掘一個土坑。」

塞鴻幫他掘坑，掘得相當深了。古押衙突然抽出刀來，把塞鴻的頭砍落在坑中。仙客大驚，古押衙道：「公子休要害怕！今天我報你的恩已經完畢了！從前我聽說茅山道士有一種藥，人吃了就死，死後三天，又能復活。我派人去求得一顆丸藥。昨天叫采蘋扮作太監，假傳聖旨，說無雙是逆黨的女兒，命她吃這顆丸藥自殺。我又親自趕到皇帝的墳墓上，冒充無雙的親戚，花了一百匹絹，把無雙的屍首贖出來。一路上所經過的驛站，我都送了銀子，免得他們走漏消息。派往茅山求藥的人和替我抬竹箱的人，都被我在荒野地方結果了。我爲了公子，也預備自殺。你不能再住在此地。門外有十個挑夫，五匹馬，二百匹絹。五更天你就帶了無雙動身，改名換姓，往別處避禍去吧！」說完這一番話，他便舉起刀來自刎。仙客急忙阻攔，但人頭已經落地，於是連屍體一併放在土坑裡，掩埋好了。

趁天還沒亮，趕快動身，經過四川三峽，寄居在江陵縣。後來消息沉沉，京裡一點沒有動靜，於是帶了家眷回轉襄陽，住在別墅裡，和無雙白頭偕老，生了許多兒女。

唉！人世間悲歡離合的事情也太多了，但是都比不上這件事的離奇，可說是古往今來所沒有的。無雙遭逢亂世，沒入宮廷。王仙客一往情深，至死不變，終於遇到了古押衙，用巧妙的方法將無雙救出。可是冤冤枉枉地死掉了十多個人，經過了艱苦的流離奔走，才得以回轉故鄉，做了五十年的夫妻。這是何等離奇的事情呀！

這篇傳奇的思想主題，和《離魂記》相同，也是反映男女要求婚姻自由的。作者是唐人薛調，收入《太平廣記》卷四八六。薛調是河中寶鼎人，有文才，唐懿宗（李漼）時，曾經做過翰林承旨學士，死於咸通十三年（西元八七二年），年四十三。無雙確有其人，是薛太保的愛妾，見唐範攄所著《雲溪友議》。

張老

張老是揚州六合縣種菜的老頭兒。他的鄰居有個名叫韋恕的，梁朝天監①年間，在揚州做官，任滿回來。有個大女兒，年紀已經二十歲了。他喚鄉里中的媒婆來家，叫她作媒，要找一個好女婿。張老聽到了，非常高興，便在韋家門口等候媒婆。媒婆出來，張老硬把她邀到家裡，預備了酒菜。吃完之後，對媒婆說道：「聽說韋家有個女兒，要找婆家，託你尋一個好女婿，有這件事嗎？」

媒婆道：「是的。」

張老道：「我年紀的確太老了，但做那種菜的職業，倒也可以衣食無憂。希望你替我去求親，事成之後，一定重重謝你。」

① 天監　梁武帝（蕭衍）年號（西元五〇二年至五一九年）。

媒婆把他大罵一頓，回家去了。過了一天，他又去邀媒婆來。媒婆道：「老頭兒！你怎麼這樣的自不量力！豈有書香人家的女兒，肯嫁你這種菜的老頭兒？他家雖然窮，還有許多名門大族願意與他家攀親戚，你這老頭兒可高攀不上。我怎能因爲喝了你一杯酒，到韋家去自討沒趣？」

張老再三請求道：「你何妨勉強替我去說一下，假使你說了而他家不答應，這就只能怪我的命運了。」

媒婆無可奈何，便拚著挨一頓罵，跑到韋家去說親。韋恕大怒道：「你因爲我家裡窮，就這樣的看不起我嗎？我韋家怎能做這等事？種菜的老頭兒是個何等樣人，怎敢說出這種話來！那老頭兒我不值得去罵他，你這老婆子爲何也這樣不知輕重？」

媒婆道：「這話實在是不應當講的，可是我被那老頭兒逼得沒法，不能不把他的意思來轉達一下。」

韋恕氣吼吼地說道：「你替我去告訴他。叫他日內送五百貫②錢來，我就答應他。」

媒婆出去，告訴張老。張老道：「可以。」

不多一會兒，他用車輛裝了五百貫錢，送到韋家。韋恕大吃一驚道：「剛才的話，不過是和他開開玩笑罷了。這老頭兒是個種菜的人，怎麼拿得出這許多錢來？我料他一定沒有錢，所以這樣講。現在不到一個時辰，居然把錢送到，這該怎麼辦呢？」於是私下叫人去試探他女兒的意思，誰知他女兒倒並不懊惱。

韋恕道：「這大概是命中註定的了。」便答應了親事。張老娶了韋氏，還是繼續種菜。挑糞耙地，不斷地把蔬菜挑出去賣。他妻子親自燒飯洗衣，一點也不怕難爲情。親戚都不滿意，但是也不能阻止。

過了幾年，親戚朋友中有見識的人都埋怨韋恕道：「你家裡雖然窮，鄉里中難道沒有窮人家子弟可以攀親，怎麼把個女兒嫁給賣菜的老頭兒？既然你不要

② 貫　錢串。古時以一千錢為一串，稱為一貫。五百貫即五百千錢。

這個女兒了，爲什麼又不叫她到遠地方去呢？」

過了一天，韋恕備了酒菜，把女兒和張老邀來吃飯，酒喝得快醉了，他便微微露出這種意思來。

張老站起來說道：「我們之所以不立即離開這裡，乃是恐怕你們有留戀的意思。如今既然厭惡我們，我們離開這裡也不難。我在王屋山③下有一座小莊子，明天一早就動身回去。」

天將要亮的時候，張老來向韋家告別，說道：「以後倘若想念我們，可以叫大哥往天壇山南邊去訪問。」於是叫妻子騎一匹驢，戴上箬帽。自己拄著拐杖，跟在後面，一同走了。從此以後，毫無消息。

幾年之後，韋恕想念女兒，以爲她一定蓬頭垢面，不容易認識了，叫他大兒子韋義方去訪問。到了天壇山南面，遇見一個崑崙奴①，牽著一頭黃牛，正在耕

---

③ 王屋山　在今山西省陽城縣西南。

④ 崑崙奴　唐朝的崑崙族，便是現在的馬來人。當時豪門地主，往往買馬來人為奴僕，稱為「崑崙奴」。

田。義方上前問道：「這裡可有張老家的莊子？」

崑崙奴把鞭子一丟，拱手道：「大官人怎麼好久不來！我們的莊子離這裡很近，待我在前邊引路。」

韋義方跟隨崑崙奴往東走，先跑上一個山頭，山下有一條河。過了河，接連經過十幾處地方，景致漸漸與世間不同了。忽然走下一個山頭，又過了一條河。河的北面，有一間朱紅漆門戶的大房子，樓臺殿閣，高低不一。花木茂盛，風景明媚。鸞鳳、白鶴、孔雀等禽鳥，都在那裡飛來飛去。又聽得唱歌奏樂的聲音，清亮悅耳。崑崙奴指點道：「這裡就是張家莊。」韋義方十分詫異，有些出乎意料。

一會兒到了門口。門前有個穿紫衣服的小吏，打躬作揖，把韋義方引進廳堂。廳上陳設得富麗堂皇，都是從未見過的，而且異香芬芳，瀰漫山谷。忽然聽得珮環聲音，由遠而近。裡邊走出兩個丫鬟，通報道：「主人來了。」

隨後看見十幾個絕色的丫鬟，一對對排列著走出來，似乎在前邊引道。最後看見一個人，頭戴遠遊冠，身穿大紅袍，足蹬紅鞋子，慢吞吞地從屏門後踱出來。一個丫鬟帶韋義方上前拜見。那人身材魁偉，面色白嫩。仔細一看，原來正是張老。

張老道：「……大哥一向在外，做何消遣？令妹正在梳頭，一會兒就要出來見你了。」於是作了個揖，請義方坐下。

不多一會兒，有一個丫鬟出來說道：「娘子梳頭已經完畢了。」便帶領義方進去，到內堂見他的妹子。

那內堂的棟梁是沉香木做成，門上鑲嵌著玳瑁，碧玉的窗櫺，珍珠的簾子。階石非常滑溜，碧油油的，不知道是什麼東西。他妹子的衣服裝飾，雍容華貴，世上簡直未曾見過。她與義方略敘寒暄，問問父母的安好就算了。過了一會兒，請他吃飯。菜肴很精緻，可是都說不出名目來。吃完之後，讓義方住宿在內廳。

第二天，天剛亮，張老和韋義方一同坐著，忽然有個丫鬟走進來，湊在張老耳朵上說話。張老笑道：「家裡有客，怎麼可以到晚上才回來！」於是對義方說道：「我的妹妹要去遊蓬萊山⑤，令妹也要同去。但不到天黑，就要回來的，你在此地休息一天吧。」說完之後，作了一個揖，就進去了。

稍停，有五色的雲從庭院裡升起來。鸞鳳飛翔，絲竹悠揚。張老和他的妹妹，各騎一隻鳳凰。十幾個隨從的人，各騎白鶴。漸漸地升到了半空中，向正東飛去。抬頭一望，已經看不見了。耳朵裡還隱隱聽到音樂的聲音。

韋義方留在那裡，有小丫頭小心伺候。將近晚上，隱隱聽得笙簫的聲音，一霎時已經到了上空，在庭院裡降落下來。張老夫婦倆見了韋義方道：「你一個人留在這裡，太寂寞了，但這裡是神仙的府第，不是世俗人所能到的。大哥命中註定，可以到這裡來一次，但是也不可以久留，明天我們便要分別了。」

到了分別的時候，他妹子又出來，只是殷勤地託哥哥帶個口信，給父母問安罷了。張老道：「這裡離開世間太遠，我來不及寫信了。」便贈送他四百八十兩金子，並且交給他一頂舊箬帽，說道：「大哥日後倘若沒有錢用，可以到揚州北

---

⑤ 蓬萊山 仙山名，據說是海上三神山之一。

關賣藥的王老頭兒家中拿一千萬銅錢，用這頂帽子做憑據。」說完，就分別了，依舊命崑崙奴送義方出外。到了天壇山，崑崙奴拜別回去。

韋義方扛著金子回家，家裡的人都很驚奇。問明了這番情節，有人認爲是神仙，有人認爲是妖怪，究竟是什麼，誰也無法判斷。五、六年間，把金子用光了，想到王老頭兒那裡去拿錢，又疑心靠不住。有人說道：「去拿這許多錢，沒有一個字的筆據，單靠這頂舊箬帽，怎能爲憑？」

後來實在困難極了，家裡的人硬逼他道：「即使拿不到錢，去一趟也沒有什麼害處。」於是韋義方到揚州去，進北門，見王老頭兒正在店裡賣藥。韋義方上前問道：「老人家貴姓？」

老頭兒道：「姓王。」

韋義方道：「張老叫我來拿一千萬錢，以這頂箬帽爲憑。」

王老頭兒道：「錢是的確有的，但不知這箬帽可對不對。」

韋義方道：「老人家可以拿去驗一下，難道你不認識嗎？」

王老頭兒不說話，有個小姑娘從青布簾裡走出來道：「張老從前經過此地，叫我縫帽頂。因爲沒有黑線，是用紅線縫的。線的顏色和我親手所縫的痕跡，都可以驗得出來。」於是拿箬帽去看，果然不差。韋義方便帶了一千萬錢回家，這才相信張老眞是個神仙。

後來他家又想念女兒，再派義方往天壇山南面尋訪。到了那邊，只見千山萬水，不再有路可通。有時遇見樵夫，上去詢問，也沒有人知道張老的莊子在哪裡。只能懷著滿腹的懊惱，回轉家鄉。全家都認為仙凡路隔，不會再有相見的日子。再去尋王老頭兒，也不知去向了。

幾年之後，韋義方偶然到揚州去，在北門散步，忽然看見張家的崑崙奴。崑崙奴上前說道：「大官人家中怎樣？娘子雖然不能回家，她卻像整天在你們身邊一樣。家中事不論大小，她沒有一件不知道的。」於是從懷中拿出一百六十兩金子，交與義方道：「娘子命我送與大官人。我主人與王老頭兒在這家酒店裡喝酒，大官人暫且坐一會兒，待奴才進去通報。」

韋義方坐在酒旗下等候，直到天色斷黑，還不見崑崙奴出來，便自己進去查看。見喝酒的人坐滿了，但座中並沒有兩個老頭兒，也沒有崑崙奴。把金子拿出來一看，倒是眞的。很詫異地嘆息了一會兒，回轉家中。又用這金子供給家人幾年的衣食。從此以後，便不再知道張老在什麼地方了。

這一篇傳奇出於李復言所著《續玄怪錄》，收入《太平廣記》卷一六。宋朝人把這故事改編成詞話，題名叫做〈種瓜張老〉，見於《也是園書目》和《寶文堂書目》。馮夢龍又把這詞話錄入他所編的《古今小說》（即《喻世明言》），題名改作〈張古老種瓜娶文女〉，情節略有更改。明清間人所著的《太平錢傳奇》，也是根據這個故事。

唐朝人論婚姻，最重門閥。一個官宦人家的女兒，嫁給一個種蔬菜的老頭兒，這是絕對不可能的事。但是韋恕的女兒自己願意，父母親族便也無可奈何。結果，女兒嫁了個仙人，父母兄弟反靠著她生活。在這篇小說裡反映出人們要求打破門閥觀念，爭取婚姻自由，同時又暗諷那些所謂的士大夫之流，依靠勞動農民過活的現實。

故事寫得離奇變幻，很有趣味。在唐人小說中，應當是第一流的作品。

鄭德璘傳

貞元年間，湘潭縣尉鄭德璘，家住長沙。他有個表親住在武昌，每年去探望一次。中間要渡過洞庭湖，經過湘潭。時常遇見一個老頭兒，搖著船售賣紅菱芡實，頭髮雖然白了，面貌還像個少年。德璘和他交談，他說的話都很玄妙。

德璘問道：「船上沒有米糧，你吃些什麼？」

老頭兒道：「吃些紅菱芡實罷了。」

德璘喜歡喝酒。每次到武昌去，時常帶著一種好酒，名叫「松醪春」。遇見了那老頭兒，總要請他喝酒。那老頭兒喝過就算了，也並不道謝。

有一次，德璘到武昌探親之後，將要回轉長沙。船停泊在黃鶴樓下，旁邊有一艘大船。坐船的客人姓韋，是個鹽商，要往湘潭去，這一夜到隔壁船上飲酒告別去了。

姓韋的有個女兒，住在後艙。隔壁船上的女兒，也來向她告別。兩個女子坐在一起，說說笑笑，談到半夜，忽聽得江中有一個念書人在吟詩道：

物觸輕舟心自知，
風恬浪靜月光微。
夜深江上解愁思，
拾得紅蕖香惹衣。①

隔壁船上的女郎寫得一手好字。她看見韋家女郎的梳妝鏡匣中有一張紅紙，隨手拿來，把聽到的詩句寫上，念了好一會兒，但不知道是誰作的。到了天明，船隻東西分散。德璘的船和韋家的船一同離開鄂渚②，過了兩天，晚上又一同停泊在洞庭湖邊。兩家的船，靠得很近。

① 這首詩的大意如下：「忽覺得有什麼東西碰在我的船上，這時候是風平浪靜，月色微茫。在那夜深的江上，也還可以消愁解悶。因為拾到了一束芙蓉花，香氣沾滿了衣裳。」

② 鄂渚　在今湖北省武昌市西長江中。

韋家的女兒長得非常美麗，肌膚像無瑕的白玉，面貌像出水的蓮花，姿態像露水洗濯的舜華③，容光像明月照耀的珍珠。她在船窗口釣魚。鄭德璘看見了，心裡很愛她，便拿出紅綢一尺，題詩一首在上面道：

纖手垂鉤對水窗，
紅蕖秋色豔長江。
既能解珮投交甫，
更有明珠乞一雙。④

寫好之後，設法把紅綢扔到女郎的釣鉤上。女郎收得紅綢，把綢上的詩念了

③ 舜華 花名，即木槿。

④ 這首詩的大意如下：「美人手拿釣竿兒靠著船窗。宛如那美麗的芙蓉花開放在長江上。你既然肯解下珮玉來贈予交甫，我也要請你給我明珠一雙。」（鄭交甫在長江邊上遇見江妃二女，二女解下身上的珮玉送給他，見《列仙傳》。）

好久，雖然念得出來，卻不懂得詩中的意思。女郎向來不會作詩，又覺得沒有詩來答覆他，很難爲情。於是把那天夜裡隔壁船上女郎所錄下的一首詩，放在鈞鉤上，送了過去。德璘認爲是女郎自己作的詩，滿心歡喜，可是不懂詩中的意義，也沒法和女郎談一談心裡的話。至於那韋家的女郎，卻把紅綢纏在自己臂膀上，十分愛惜。

第二天早上，韋家的船扯起了風篷，匆匆地開走了。那天看樣子要颳大風，湖中波浪滔天，十分可怕。德璘的船小，不敢跟他們一同渡湖，心裡甚是懊惱。

天色將晚，有捕魚的人告訴鄭德璘道：「那艘客商的大船，剛開出去，便遇到風浪，一家人都沉沒在洞庭湖中了。」

德璘大吃一驚，不覺神思恍惚，悲傷嘆息了好一會兒，心裡無論如何也排遣不開。那天晚上，他作了兩首詩，憑弔江中的女郎。第一首道：

湖面狂風且莫吹，

浪花初綻月光微。
沉潛暗想橫波淚，
得共鮫人相對垂。⑤

第二首道：

洞庭風軟荻花秋，
新沒青娥細浪愁。
淚滴白蘋君不見，
月明江上有輕鷗。⑥

⑤這首詩的大意如下：「湖面上的狂風不要再吹了，吹得那浪花飛濺，月色微茫。沉在水底的美人大概在啼哭吧，她和那鮫人一樣的悲傷。」（南海有一種鮫人，哭泣起來，眼淚都是珍珠，見《述異記》。）

⑥這首詩的大意是：「洞庭湖邊的秋風吹在荻花上，是那麼的輕柔。美人新近沉沒了，連波浪也在替

詩作成了，在湖邊祭奠一番，將詩丟在湖中。他的一片誠心，感動了鬼神，自有水中的神靈把詩拿到水府裡去。洞庭君看了，便把幾個新溺死的女子喚來問道：「誰是鄭先生憐愛的人？」

這時韋家女郎也不知道來由，感到莫名其妙。有一個管理的人，在她臂膀上搜出了紅綢，報告洞庭君。洞庭君對女郎說道：「鄭德璘將來是本城的縣官，況且從前他待我很有情義，我不能不想個辦法救活你一條性命。」於是命管理的人將韋家女郎送與鄭德璘。

女郎偷看那洞庭君，原來是一個老頭兒。她跟隨著管理的人，很快地跑出水府，一路毫無阻礙。走完了一條路，看見一個很大的池，池水綠油油的。猛然間被那管理的人一推，跌落池中。忽沉忽浮，甚爲困苦。

這時候已經三更天了，鄭德璘還未曾安睡，只是念那紅紙上的詩，滿腔悲苦。忽然聽得有一件東西碰在船上，但是船家都睡著了，德璘便拿了燈燭，親自

她發愁。我的淚珠兒滴在白蘋上，你不會看見。月明如畫的水面上，我只能看見幾隻輕鷗。」

出外查看。只見水面上有一件彩色繡花的衣服，好像是一個人，不覺嚇了一跳。趕快把那人救起來，仔細一看，原來便是韋家的女郎，臂膀上還纏著那塊紅綢。德璘眞是喜出望外。

過了好一會兒，女郎甦醒過來。到了天明，才能說話。她對鄭德璘說道：「洞庭君因爲感激你，所以救活了我的性命。」

德璘道：「洞庭君是誰？」但是想不起來。他覺得這事很奇怪，便把那女郎娶作妻子，將她帶回長沙。

德璘三年任滿，應當調任，便想調任做醴陵知縣。韋氏道：「你只能做巴陵⑦的知縣啊！」

德璘道：「你怎能知道？」

韋氏道：「從前洞庭君說過，你是本縣賢明的縣官。洞庭湖屬於巴陵縣。這一次大概可以應驗了吧。」德璘把這話記在心裡。後來果然調任巴陵縣令。

---

⑦ 巴陵　古縣名，即今湖南省岳陽縣。

到了巴陵縣之後，派人去迎接韋氏。韋氏坐船到洞庭湖邊，恰巧遇到逆風，不能前進。德璘派五個船家來迎接韋氏。內中有個老頭兒，拉起縴來，懶洋洋地，似乎全不放在心上。韋氏生起氣來，向他唾罵。老頭兒回頭看著韋氏道：「我從前在水府裡，救了你的性命。你不感激我，今天反而對我發脾氣嗎？」

韋氏聽說，才恍然大悟，心裡很害怕。忙把那老頭兒請到船上，向他行禮，請他吃酒果，叩頭道：「我的父母大概還在水府裡，我可以去探望一次嗎？」

老頭兒道：「可以。」

一會兒這船好像沉到了水底，毫無困難。後來到了從前到過的水府，闔家大小站在船邊痛哭，終於尋到了父母。父母住著高廳大屋，與世間沒有什麼不同。

韋氏問父母，可要什麼東西。父母道：「沉在水裡的東西，都能夠帶到這裡來。只是沒有燒熟的食物，我們所吃的不過紅菱芡實罷了。」他們把幾件銀器送給女兒道：「我們這裡沒有用處，可以送給你。可是你不要留在此地太久了！」父母催促韋氏回去，韋氏便很傷心地和父母告別。

老頭兒提起筆來，在韋氏的手絹上寫一首詩道：

昔日江頭菱芡人，
蒙君數飲松醪春。
活君家室以為報，
珍重長沙鄭德璘。⑧

寫完，便有幾百個奴僕到船裡來，迎接老頭兒回轉府中去了。一霎時這艘船便從水底裡浮上來，停泊在湖邊。一船的人都看見了這一場面。德璘研究詩句的意思，方才明白，原來水府中的老頭兒，就是從前賣紅菱芡實的人。

過了一年多，有個名叫崔希周的秀才，把一卷詩送給鄭德璘看。內中有一首，題目是〈江上夜拾得芙蓉〉，便是韋氏贈給鄭德璘那張紅紙上的詩。德璘懷疑，盤問希周。希周答道：「幾年前，我坐一艘小船，停泊在鄂渚。那天夜裡，長江上月明如晝。我還沒有睡，忽聽得有一件很細微的東西碰在船上，覺得香氣

⑧ 這首詩的大意如下：「我便是當年賣菱芡的人，承蒙你時常請我喝『松醪春』。我救活了你的家眷算是報答你，保重你的身子吧！長沙鄭德璘先生！」

撲鼻。撈起來一看，乃是一束芙蓉花，所以我作了這一首詩，作成之後，念了好一會兒。如今你問我，我不妨把事實告訴你。」

德璘嘆口氣道：「這可見是命中註定的。」從此以後，他不敢再渡洞庭湖了。

鄭德璘後來做到刺史。

這一篇傳奇見於《太平廣記》卷一五二。故事曲折美麗，富有詩意。作者薛瑩，生平無可考。

聶隱娘

聶隱娘，是貞元年間魏博節度使手下大將聶鋒的女兒。當她十歲的時候，有一個尼姑到聶鋒家裡來討飯，見了隱娘，很喜歡她，便向聶鋒說道：「請將軍把這個女孩子送給我教養吧。」聶鋒大怒，把尼姑罵了一頓。尼姑道：「哪怕將軍把她放在鐵櫃子裡，我也要偷她去的！」到了晚上，隱娘果然不見了。聶鋒大爲驚奇，派人四處找尋，毫無下落。父母每次想到她，只有相對流淚罷了。

過了五年，尼姑把隱娘送回來，告訴聶鋒道：「你女兒已經教成功了，你領去吧。」說完，尼姑忽然不見了。

一家人悲喜交集，問她學了些什麼。隱娘道：「不過念經、念咒罷了，其餘沒有什麼。」

聶鋒不信，仔細盤問她。隱娘道：「我說了實話，又恐你們不信，叫我如何是好？」

聶鋒道：「你只管實說。」

隱娘道：「當時我被尼姑帶去，不知走了多少里路。天亮的時候，走到一個大石洞裡。洞口離地幾十步，四面懸空，周圍很寂靜，沒有居民。那邊猴子極多，松蘿密布。已經先有兩個女孩子在洞裡，年紀也都是十歲，都很聰明美麗。她們不吃東西，能夠在陡峻的石壁上飛跑，好像猴子爬樹一般敏捷，從來不會失足掉落。尼姑給我一粒藥，又叫我時常拿著一口二尺多長的寶劍。這劍非常鋒利，可以吹毛斷髮。她叫我跟著那兩個女孩子登山爬樹，漸漸地我覺得身體輕得像風一般。」

「一年以後，我用劍刺猴子，百發百中。後來刺老虎、豹子，也都能砍下牠們的頭來。三年以後，能夠飛劍刺老鷹、鷂子，沒有一次不中。劍的長度漸漸減到五寸，飛鳥碰到了我的劍，還不知道它是怎麼來的。」

「到了第四年，尼姑留兩個女孩子守石洞，帶我到都市中去。我也不知道到的是什麼地方。她指著一個人，一件件數落他的罪惡，然後說道：『你替我砍下這個人的頭來！可是不要讓他覺察。你只管放大膽子！砍他的頭也像刺殺飛鳥一般容易。』她給我一柄羊角式的短劍，只有三寸長。我白天就在都市中把這個人刺殺了，誰也沒有察覺。我把這人的頭顱放在袋裡，帶回客棧，用藥化成了水。」

「第五年，尼姑又對我說道：『大官僚某某有罪，他無端害了許多人。今天晚上，你可以到他屋子裡去，把他的頭割了來。』我又帶著短劍到那官僚的家中，從門縫裡走進去，毫無阻礙。我伏在梁上，直到夜裡，才拿了他的頭回去。尼姑很生氣，問我道：『爲什麼弄到這樣晚？』我說道：『見這人正在逗著一個小孩子玩。那孩子很可愛，所以我不忍下手。』尼姑斥責我道：『以後對待這種壞人，先殺了他心愛的人，然後再殺他。』我便向她叩頭謝罪。」

「尼姑道：『我替你開了後腦，把那短劍放進去，包你不會受傷。到了要用劍的時候，便可以抽出來。』把短劍放進去之後，她說道：『你的本領已經學成，可以回家去了。』於是送我回來。臨別她又說道：『二十年之後，我們才能再見一面。』」

聶鋒聽了女兒的話，很害怕。以後每逢晚上，隱娘時常失蹤，到天明才回來。聶鋒不敢盤問她，因此也就不十分疼愛她了。

有一天，忽然有個磨鏡子①的少年上門來。隱娘見了道：「這個人可以做我的丈夫。」她把這話告訴父親。父親不敢不答應，便把隱娘嫁給他。這人只能磨鏡子，沒有別的技能。聶鋒供給他們豐富的衣食，另外還給他們一間房屋居住。

幾年以後，聶鋒死了。魏博節度使有些知道隱娘是個奇人，便送給他們夫婦倆許多金銀緞匹，委他們作侍從武官，留在身邊。這樣又過了好幾年。

到了元和年間，魏博節度使和陳許節度使劉昌裔②不和，便派隱娘去取劉昌裔的首級。隱娘辭別魏博節度使，來到許州。劉昌裔向來有未卜先知的本領，已經知道聶隱娘要來了，便吩咐手下一員將官道：「明天一早，你往北門城外等候，有一個男人和一個女人，騎著一匹白驢，一匹黑驢，來到北門口。那時剛巧有一隻喜鵲在前面叫，男人用彈弓打鳥，沒有打中。女人搶過彈弓來，一彈子就把喜鵲打死。你便上前去作揖，向他們說，我要見他們，所以派你老遠的前來迎

① 磨鏡子　古時鏡子是用銅製的，用得長久了，鏡面不免昏暗，必須經過擦磨，方能再用，所以有專門磨鏡子的工人。
② 劉昌裔　字光後，陽曲人，曾任陳州刺史，《新唐書》有傳。

接。」

將官奉命前往，果然遇見了兩人。隱娘夫婦道：「劉僕射③眞是神人！否則他怎能知道我們到這裡來？我們願意見一見劉公。」

劉昌裔慰勞他們。隱娘夫婦叩頭道：「我們對不起僕射，罪該萬死！」

劉昌裔道：「快休要這樣講！這乃是各爲其主，人情之常。在魏博方面和在陳許方面，都是一樣的。希望你們留在此地，不要有什麼猜疑。」

隱娘感謝道：「僕射身邊沒有人保護。我願意丟開那邊，留在這裡。我很佩服僕射的未卜先知。」原來隱娘已經看清楚了，魏博節度使不及劉昌裔。

劉昌裔問他們，可要什麼東西。隱娘道：「每天只要二百銅錢就夠了。」

劉昌裔答應了他們的請求。忽然發覺他們騎來的兩隻驢子都不見了，派人四處找尋，不知去向。後來偷偷地檢查他們帶來的布袋，只見裡邊有兩隻紙驢子，一隻是黑的，一隻是白的。

③ 僕射　官名。唐朝的左右二僕射，等於宰相的職位。

一個多月之後，隱娘告訴劉昌裔道：「魏博節度使不肯住手，一定還要派別人來。今天晚上，待我剪些頭髮，用紅絲線紮了，送到魏博節度使的枕頭邊，表示我不回去了。」劉昌裔也聽憑她去做。

到了四更天，隱娘回來，對劉昌裔說道：「信已經送去了。後天晚上，一定會派精精兒來殺我，並且要割你的頭。到那時候我自有方法殺死他，你可以不必擔心！」

劉昌裔胸襟豁達，倒也並不害怕。這天晚上，屋裡蠟燭火點得很亮。半夜以後，果然有兩幅幡子，一紅一白，飄飄然在床的四角互相攻擊。過了好一會兒，見一個人從半空中跌下來，身首已經分離。隱娘也跳出來道：「精精兒已經死了。」把屍體拖到堂下，用藥化成水，不留一根毛髮。

聶隱娘道：「後天晚上，大概要派妙手空空兒前來。空空兒神妙的法術，不但沒有一個人能看得透他，便是鬼魅也沒法追尋他的蹤跡。他能夠從虛空中進來，無形無影。我的本領，實在不能達到這個境界，這卻要靠僕射的洪福了。你只能把于闐④的美玉圍在脖子上，蓋上棉被。我變成一個小飛蟲，躲在僕射的腸子裡，等候動靜。除此以外，再沒有其他逃避的地方了。」

劉昌裔依著她的話。到三更天，剛閉上眼睛，還沒有睡著，果然聽得脖子上噹的一聲，非常響亮。聶隱娘從劉昌裔嘴裡跳出來，向他賀喜道：「僕射如今沒有危險了。這人好像凶猛的鷹隼一般，一次擊不中，就遠遠地飛去了。他因爲沒有擊中，覺得很難爲情。不到一個更次，他已經遠在一千里以外了。」後來看脖子上所圍的那塊玉，果然有小刀子劃過的痕跡，砍進去有好幾分深。從此劉昌裔越發敬重聶隱娘了。

到了元和八年，劉昌裔從許州進京朝見。隱娘不願意跟去。她說，從今以後，要往各處遊覽名山大川，尋訪得道的高人，但請求給她丈夫一份薪給。劉昌裔依照了她的意思辦。後來漸漸地不知道她跑到哪裡去了。

劉昌裔死在任上，聶隱娘曾經騎著驢子到過京師一次，在靈柩前慟哭了一場

---

④ 于闐　古西域國名，即今新疆維吾爾自治區于闐縣。

才辭去。

開成⑤年間，劉昌裔的兒子劉縱出任陵州⑥刺史，經過四川棧道，遇見聶隱娘，容貌和從前一樣。見了劉縱，非常高興。她依舊騎一匹白驢子，對劉縱說道：「你將要有大難臨頭，不應該往陵州去。」拿出一顆丸藥來，叫劉縱吞下，說道：「明年趕快辭職，回轉洛陽，才能夠脫離災難。我的藥力只能保你在一年內沒有危險。」

劉縱並不十分相信她，送她幾匹綢緞。隱娘不受，但喝了一頓酒。喝得醉醺醺地，告辭而去。

一年後，劉縱沒有辭職，果然死在陵州。從此以後，便沒有人再看見聶隱娘了。

---

⑤ 開成　唐文宗（李昂）年號，西元八三六年至八四〇年。

⑥ 陵州　唐朝的地名，屬於「劍南道」，在今四川省彭山縣東。

這是一篇很著名的劍俠小說，原出唐人裴鉶所著的《傳奇》，收入《太平廣記》卷一九四。清人尤侗所著的《黑白衛傳奇》，便是根據這個故事撰成。

作者生於唐朝末葉。當時政治腐敗，藩鎮跋扈，官僚軍閥，橫行不法。人民受盡荼毒，無處申訴，於是幻想出這種劍仙俠客來，希望他們替人民除暴安良，報仇雪恨。這類故事之所以盛傳於晚唐，自有它的社會根源，並不是無端產生出來的。〈聶隱娘〉是這類故事中最精彩的一篇，因此很久以來一直在民間流傳著。

唐朝人最重門閥，所謂名門閨秀，絕對不肯嫁給工農子弟。聶隱娘是個武官的女兒，卻自願嫁給一個磨鏡子的工人。作者寫這一段，顯然要打破宗法社會的門閥觀念。具有這種思想的作品，在當時的確也是很難得的。

求心錄

乾元①初年，會稽有個楊老頭兒，他家是一郡中著名的富戶。有一天，老頭兒病得快要死了。他躺在床上，很痛苦地呻吟著，這樣已經有好幾個月了。

老頭兒有個兒子，名叫宗素，因爲一向很孝順，同鄉人都稱他孝子。在他父親生病的時候，他願意傾家蕩產，尋求醫治的方法。後來找到一位陳醫生，才把他父親得病的根源研究出來。原來這位老人家患的是心病。陳醫生說：「只因他財產太多了，一心盡在錢財上打算盤，所以心神已經離開了軀殼，非吃一顆活人的心，不能補救。可是走遍天下，活人的心哪裡能弄得到？在這種情況之下，我實在沒有辦法了。」

① 乾元　唐肅宗（李亨）的年號，西元七五八年至七五九年。

宗素聽了這話，認爲活人的心當然無法弄到，唯有念經拜佛，也許可以保佑他父親病體痊癒，所以請和尚來做佛事，還找個畫師畫了佛像供起來。後來又時常親自帶了吃的東西進城，往各廟去齋僧。

有一天，宗素送齋僧的食物進城，走錯了路，跑進一條山徑，看見山下有一間石屋。屋內坐著一個西域來的和尚，看樣子年紀很老了，容貌枯瘦，身上穿一件粗毛製的袈裟，盤膝坐在一塊大石頭上。

宗素以爲這和尚一定是個異人，便上前去行禮，問道：「師父是哪裡人？爲什麼單身住在這人跡不到的山谷中，有沒有侍者陪伴？難道就不怕野獸來傷害你嗎？否則，你大概是個有道行的高僧吧。」

和尚道：「我俗家姓袁，祖上世居巴山②，後來子孫有一支搬到弋陽③，散住在山谷中。我們每代都能遵守祖宗的家法，隱居山林，低吟長嘯，自得其樂。

---

② 巴山　巴山山脈在今四川、陝西兩省。山中猴子很多。
③ 弋陽　唐朝的弋陽縣，在今江西省貴溪縣東北。

一般喜歡作詩的人，多稱讚我們善於吟嘯，因此漸漸地被天下人知道了。還有一支姓孫的，其實也是我們同宗，卻喜歡結交豪門貴族。因爲口才好，會說笑話，所以人家帶他們到都市裡去，每次表演戲劇，都能夠賺到許多錢。唯有我相信佛法，脫離塵俗，隱居山谷中，住在這裡已經好幾年了。我時常仰慕那育利王④，他肯把身上的肉割下來餵禽獸。還仰慕那釋迦牟尼，他情願跳到山下去，以身體餵飢餓的老虎⑤。我住在這裡，吃的是橡栗，喝的是泉水，假使有虎狼來把我吃了，我也是甘心情願的。」

宗素便向他說道：「師父眞是個至高無上的人，能夠不顧一切，捨身濟人，甚至願意把自己的身體給野獸吃，眞可以說是見義勇爲，達於極點了。我有一件事想請求你。弟子的老父，病了好幾個月，服藥無效。我日夜憂愁，毫無辦法。有一位醫生說：『這是心病，除了吃活人的心，沒有別的方法能醫好他。』

---

④ 育利王　應當是「阿育王」，古時印度一個小國的國王。

⑤ 釋迦牟尼捨身餵餓虎　這故事出在佛經上。據說那時連日大雪，一隻雌老虎餓得快要死了，想吃牠親生的小老虎。釋迦牟尼見了這情形，心裡不忍，便從高山上跳下去，把自己的身體餵那餓虎。

如今師父既然願意捨身給飢餓的豺狼虎豹吃，何不犧牲了自己去救一個人的性命呢？請師父仔細考慮一下！」

和尚道：「假使我能這樣做，的確遂了我的心願。檀越⑥因爲父親有病，前來求我，我哪有不允之理。況且我既然願意捨身給野獸吃，何不拿來救一個人的性命呢？但是我今天還未曾吃過東西，希望能讓我先飽餐一頓，然後再死。」

宗素大喜，向和尚道謝，就把帶來的食物放在和尚面前。和尚狼吞虎嚥，一下子都吃光了，便說道：「如今我已經吃飽了。待我拜了四方的神靈，然後聽憑你如何處置。」

於是和尚把衣裳整理一下，走出石屋來行禮。剛向東方跪拜完畢，突然跳到一棵很高的樹上。宗素還以爲他一定是要顯顯神通，玩些不可猜測的變化。

過了一會兒，和尚把宗素喚到樹下，厲聲問道：「檀越！你剛才向我要求什麼？」

---

⑥ 檀越　和尚們稱施主為「檀越」。

宗素道：「我要得到一顆活人的心，醫治我父親的病症。」和尚道：「檀越所希望得到的東西，我已經同意你了。但是我先要講幾句《金剛經》⑦上深奧的道理，你可願意聽嗎？」宗素道：「我是向來相信佛經的，今天遇到師父講經，怎敢不聽？」和尚道：「《金剛經》上說道：『過去心不可得。現在心不可得。未來心不可得。』檀越要想取我的心，那也是不可得了。」說完這幾句話，忽然跳起來大叫一聲，變作一隻猴子，一霎時不知去向了。宗素非常詫異，又驚又怕地回家去了。

這是唐人張讀所著《宣室志》中的一篇，收入《太平廣記》卷四四五，題目改為〈楊叟〉。張讀，字聖朋，陸澤人。他就是著《遊仙窟》的張鷟的玄孫，幼年便很聰明，有文才，十九歲中進士。唐文宗（李昂）時（西元八二七年至八四

⑦ 金剛經　佛經的一種，即《金剛般若波羅蜜經》。

○年），官至尚書左丞。他所著的《宣室志》十卷，專記鬼神怪異的事。

這一篇小說寫得非常輕鬆幽默，讀了叫人一笑。楊老頭兒一生盡在錢財上打算盤，因此成爲郡中著名的富户，但是終於因爲貪得無厭，用心過度，患了心病，飽受痛苦。雖然願意傾家蕩產，也沒法醫治他的病症。至於那楊宗素雖是個著名的孝子，但他只希望和尚能挖出心來醫治父親的病症，絕對不曾想到自己胸膛裡也有一顆心。犧牲別人的性命，成就自己的美名，這類人世上不少。

京都儒士

不久以前，京城裡有幾個書生在一起飲酒，偶然談到人的性格，有的勇敢，有的怯弱，這是因爲各人的膽氣不同。膽大的人，自然什麼都不怕，這才可以稱得上大丈夫。席上有一個書生自告奮勇道：「要講膽氣，我倒確實有一點。」

眾人笑道：「必須要試驗一下，才能相信你。」

有人說：「我的親戚有一所住宅，向來有鬼怪出現，所以至今空關著。你若能在這屋子裡獨宿一晚而不害怕，我們願意請你吃一次飯。」

那人道：「我一定照你所說的辦，明天就去。」

其實這所住宅並沒有什麼鬼怪，不過暫時空關著罷了。當時就替他預備酒菜、燈燭，送他到空屋裡去。

大家問道：「你還要些什麼東西？」

那人道：「我有一口寶劍，可以防身。你們不必替我擔心！」於是大家一同出去，把大門鎖上，各自回家。

這個人其實膽子很小。那時天色已經夜了，他把自己騎來的一頭驢子拴在另一間屋子裡。回頭見朋友、奴僕都走光了，便一個人走進閣子裡，可是不敢睡覺。把燈火吹滅，抱著寶劍，坐在那裡，心裡非常害怕。

坐到三更天，月亮上升。月光從窗縫裡斜射進來，看見衣架上有一件怪東西，好像是一隻鳥，正在搧動牠的翅膀，搖個不住。這人心驚膽戰，勉強站起來，拔出寶劍，舉手一揮。唰的一聲，那東西隨手落下來，以後就沒有聲音了。

這人心裡嚇極了，不敢上前去仔細察看，只是拿了劍呆呆地坐著。

到了四更天，忽然聽得有一樣東西走上石階，前來推門。門推不開，便在狗洞中伸進頭來，氣息咻咻然，似乎要鑽進來的樣子。這人大吃一驚，跳上前去，舉劍一砍，自己忽然跌倒了。寶劍掉落地上，哪裡還敢找尋？他恐怕這東西要鑽進來，急忙躲到床底下去，伏著不敢動。過了一會兒，因爲疲乏至極，便在床底下睡著了。

一會兒天亮了，眾朋友、奴僕開門進來。走到閣子外，只見狗洞中鮮血淋漓，大家嚇了一大跳，急忙高聲喊叫。這人在睡夢中被喊醒，忙爬出來開門，身體還是抖個不住。

他把昨夜與怪物打鬥的情形詳細講給大家聽。大家覺得很詫異，走到牆邊去找尋。但見地上有一隻半破的箬帽，原來這就是昨晚所砍下來的怪鳥。那箬帽又舊又破，被風吹著，看起來好像是一隻鳥在搧動牠的翅膀。

寶劍丟在狗洞旁邊。大家繞到外面，跟著血跡尋過去，原來昨夜所砍的乃是他自己所騎的驢子。驢嘴被寶劍砍傷，嘴唇破了，牙齒也砍掉了。這是因爲那驢子掙脫了繩索，把頭伸進狗洞裡來，才吃了牠主人的一劍。

眾人哈哈大笑，把那人扶送回家。那人受了驚嚇，心跳不住，休養了十多天，才得痊癒。

這是《原化記》中的一篇，收入《太平廣記》卷五〇〇。作者皇甫氏，晚唐人，生平無從查考。這一篇描寫色厲內荏的人，形容絕妙，可博一笑。

蘭陵老人

唐朝黎幹做京兆尹時，曲江正在求雨，塑了一條龍，看的人有好幾千。黎幹來時，唯有一個老人拄著拐杖，不肯迴避。黎幹生起氣來，把他拖下去打，好像打在繃著皮的鼓上一般。打完之後，他就大搖大擺地走了。

黎幹疑心他是個不平凡的人，叫一個老地保去找他。找到蘭陵里南面，見那人走進一扇小門，高聲叫道：「我今天受了莫大的恥辱，快替我預備洗澡水來。」

地保忙去報告黎幹。黎幹很害怕，便穿了破衣裳，跟隨地保來到那個地方。其時天色已經昏暗，地保直闖進去，先通報了黎幹的官銜。黎幹應聲入內，搶步上前，拜倒在地上道：「剛才我肉眼不識老丈，罪該萬死！」

老人詫異道：「是誰把府尹帶到這裡來的？」便把黎幹扶起，拉到堂上。

黎幹知道這人可以和他講理，慢慢地說道：「我是個京兆尹。府尹的威嚴稍受損害，公事便辦不下去了。你老人家隱形匿跡，沒有銳利眼光的人，不容易識破。假使你因此譴責他人，便是故意引誘別人犯過失，那就不像大丈夫的存心了！」

老人笑道：「這是老夫的不是了。」就拿出酒菜來，放在地上，招呼地保入內，大家席地而坐，一同飲酒。喝到深夜，老人談起養生的道理，話雖簡單，理由卻講得非常透澈。黎幹很敬重他，也有些怕他。

老人道：「老夫有一點技能，表演給府尹觀看。」於是逕自走到裡邊。過了好一會兒才出來，身上穿一件紫色的衣服，頭上裹塊紅布，手裡拿著長長短短七口劍，在庭院裡舞動起來。縱跳如飛，劍光閃爍。那七口劍有時候連接在一起，橫亙空中，好像展開一匹白練。有時候分成好幾處，盤旋左右，又好像散作萬點星火。中間有一柄二尺多長的短劍，時常碰著黎幹的衣襟。黎幹跪下來叩頭，兩條腿抖個不住。

大約舞了有一頓飯的工夫，老人把劍一丟，插在地上，排成北斗七星的形狀，回頭看著黎幹道：「我剛才不過是試試府尹的膽氣罷了。」

黎幹拜道：「從今以後，我的性命便是你老人家賜給我的。我願意在你左右伺候。」

老人道：「府尹的骨格相貌，不是個學道的人，不能隨便傳授你。我們過一天再見吧！」說完，向黎幹作一個揖，走進去了。

黎幹回去，面色慘白，好像病人一般。拿鏡子一照，才知道鬍鬚已被割去了一寸多。第二天再去找尋，那屋子已經空了。

這篇小說出於唐人段成式所著《酉陽雜俎．卷九．盜俠類》，收入《太平廣記》卷一九五。二書文字上稍有不同，大約宋朝編輯《太平廣記》時已經改過了。我仔細校對了一下，似乎雙方各有好處，所以譯的時候，擇善而從，並不完全根據哪一種書。

段成式，字柯古，齊州臨淄人，是唐穆宗（李恆）時代（西元八二一年至八二四年）宰相段文昌的兒子。他做校書郎，所見奇書祕本甚多，所以學問很淵博。《酉陽雜俎》二十卷，續集十卷，是他所著的筆記小說。文筆簡潔，敘事詭奇，在唐朝人的作品中，可說是別具風格的。

封建時代的官吏，對老百姓威風十足。偶爾在街道上經過，百姓們都得迴避。稍有觸犯，便認爲有損他的威嚴，濫施刑罰。黎幹要維持他的威嚴，想不到遇見了一個劍俠，只嚇得屁滾尿流，魂飛魄散，讀了眞叫人十分痛快。

杜豐

齊州①歷城縣知縣，名叫杜豐。開元十五年，皇帝到東嶽泰山祭天。杜豐準備供應各物。他做了三十口棺材，放在行宮②裡，許多官員都勸他，不要把這東西放進來。杜豐道：「皇帝此次出巡，宮中的皇后、妃子都跟著一起去。萬一有人生急病死了，要口棺材，一時到哪裡去找？如果不早些預備，將來懊悔就來不及了。」

後來置頓使③走進行宮，見有許多棺材陳列在幕幃裡，漆得光可鑑人，不由

① 齊州　唐朝的齊州，即今山東省濟南市附近一帶。
② 行宮　舊時皇帝出巡時所居住的房屋，稱為「行宮」。
③ 置頓使　唐朝官名。皇帝出巡時，專任一路上供應的差使。

得嚇了一跳。他急忙跑到外邊，對齊州刺史④說道：「皇上到東嶽祭天，原是要祈求福祿綿長。這棺材是誰做的？放在行宮裡，有何用處？怎會弄出這種大不吉利的事來？我一定要奏明皇上。」

刺史派人去捉拿杜豐。杜豐躲在他妻子的床下，謊報已經自殺了，家裡的人都假裝在哭他。幸而他妻子的哥哥張搏正在做御史，替他說情，才得無事。

杜豐的兒子杜鐘，那時正在兗州⑤做參軍⑥。都督⑦派他專管馬匹所吃的草料黃豆。杜鐘道：「皇帝帶來的馬匹，一定很多。當天把高粱、黃豆煮起來，只怕來不及，不如預先準備一下。」於是找了許多鍋子，把二千石高粱、黃豆都煮熟了，趁熱封在地窖裡。後來需要時拿出來，已經完全腐爛了。他無可奈何，只

---

④ 刺史　古官名。唐朝各州的長官稱「刺史」。

⑤ 兗州　唐朝的兗州，即今山東省滋陽、曲阜等縣。

⑥ 參軍　古武官名。唐朝各州郡都有參軍。

⑦ 都督　古官名。唐朝各州郡長官有「大都督」、「都督」等名目，後改為節度使。

得逃走。但他還是非常擔心，恐怕結果不免一死。便命隨從的人去買了半夏⑧半升，放在羊肉裡，煮好了一起吃光，想要自殺。誰知這種藥非但不能殺人，反而使得他越發胖起來。所以當時的人都說道：「不是這樣的父親，不會生出這個兒子來！」

這一篇原出唐人牛肅所著《紀聞》，收入《太平廣記》卷四九四。牛肅大約是唐德宗（李適）、憲宗（李純）時代人，生平無從查考。《紀聞》十卷，所記多半是唐朝的遺聞佚事，也有神仙怪異的傳說。此書早已失傳，只有《太平廣記》所收錄的幾十篇，至今還保存著。

這一篇記杜豐父子顢頇的故事，刻畫出一些封建官僚昏庸糊塗的形象。他們對皇帝尚且如此荒唐，對百姓更可想而知。讀了不單是可憐可笑，還覺得可嘆可恨。

---

⑧ 半夏　藥名。

白萬州遇劍客

萬州①白太保②，名廷誨，是退職中書令③白文珂的大兒子。他任職莊宅使④的時候，曾經代理五司⑤兼水北巡檢⑥，因爲平定四川有功，出任萬州刺史。卸任後，死在荊南⑦。

①萬州　宋朝的萬州，即今四川省萬縣。
②太保　古官名，三公之一。
③中書令　古官名，是「中書省」的最高長官（「中書省」是唐宋時代中央行政機構之一）。
④莊宅使　官名。
⑤五司　「五司」是莊宅司、皇城司、內園司、洛苑司、宮苑司，都是官名。
⑥巡檢　官名，掌訓練甲兵、巡邏州邑、擒捕盜賊的事。
⑦荊南　古地名，即今湖北省江陵、公安諸縣。

白廷誨天性好奇，重視道士的法術。

他的堂兄廷讓，做過親事都將⑧，行爲放浪不羈，時常在鬧市中遊玩。忽然有一個朋友對他說道：「你可曾聽到人家說過劍客嗎？」

廷讓道：「聽說過。」

「曾經見過嗎？」

廷讓道：「倒未曾見過。」

朋友道：「現在通利坊旅館中有一個大家叫他隱士的人，那就是劍客。我們可以一同去看他。」

廷讓依了這位朋友的話，第二天跟他到旅店裡去。只見五、六個人圍了一個圈子，席地而坐。中間有一個人，凹眼睛，濃眉毛，一張紫黑色的臉，滿嘴黃鬍鬚。廷讓走進去，只有那黃鬍子不站起來。朋友道：「你可以上去拜見。」

廷讓跪下去磕頭。黃鬍子大模大樣地受他的禮，慢吞吞地問道：「這是誰家

⑧親事都將 武官名。

的孩子？」

朋友道：「他是白令公⑨的姪兒，和我一同來，專誠向隱士請安。」

黃鬍子笑道：「既然是跟你一起來的，可以坐下，一同飲酒。」

不多一會兒，有人拿過一個木盆來。再拿了幾瓶酒，倒滿一盆。各人面前放一個瓷碗。然後又抬來了一桌子驢肉，放在旁邊。其中一人拿刀切肉，切成很大一塊。大家用木杓把酒舀在碗裡，每人面前擺了一大碗肉。

廷讓看他們這種吃法，臉上露出爲難的神情。黃鬍子拿起酒來，一口氣喝乾了。其餘的人也是一樣。而且大家都用手拿肉吃，眼睛看著廷讓，豎起了眉毛，瞪著眼睛，露出不高興的樣子。廷讓只得勉強喝了半碗酒，吃了一點肉就住了口。

酒肉吃完，大家散去。廷讓仔細一看，都是些殺狗、賣拳的一流人物。當時只有他和同來的朋友留下來，和黃鬍子談天。

朋友對黃鬍子說道：「白先生乃是個有志向學的人，隱士不必拘什麼形

---

⑨ 令公　對於中書令的尊稱。

跡。」

黃鬍子從床上拿出一口短劍來，拔劍出鞘，在手中舞弄了一回。舞完之後，用手指在劍上彈了幾下，發出鏗鏘的聲音。廷讓認爲他一定是個劍客，便又站起身來，磕了幾個頭，說道：「我僥倖遇見了隱士，希望將來能做你的弟子。」

黃鬍子道：「我這一口劍，已經殺了六七十個人了。殺的都是些吝惜錢財、欺侮別人的壞蛋。我把他們的首級煮來吃，滋味和豬頭、羊頭差不多。」

廷讓聽了，坐立不安，滿身好像扎上了荊棘一樣，連忙戰戰兢兢地告辭出去。

回到家裡，把這事詳細告訴他的兄弟廷誨。豪門貴族子弟是素來愛聽這種奇人怪事的，廷誨也不例外，於是他說道：「我怎樣才能和他見一面？你快去和那朋友商量商量。」

廷讓把這意思告訴朋友。朋友道：「只要預備些酒菜，在家中等候便了。」

第二天早晨，辰時、巳時之間，那朋友果然和黃鬍子一同來了。白家弟兄出門迎接，把他們請到裡邊，兩人都跪下叩頭。黃鬍子還是大模大樣地受了，並不客氣。吃完酒飯，黃鬍子問廷誨道：「你家可有好劍嗎？」

廷誨答道：「有。」說著，便拿出幾十口寶劍來，擺在黃鬍子面前。黃鬍子一一看過，說道：「這些都是尋常的鐵鑄造的，沒什麼稀奇。」

廷讓道：「我房裡有兩口寶劍，待我拿出來給你看。」

黃鬍子先看一口，丟在地上道：「這也是尋常的鐵器。」再看另一口，說道：「這一口還可以。」說著便命鐵匠把劍磨快，一面又吩咐拿一雙火筷來，揮劍一砍，火筷立刻分為兩段。劍鋒上並無一點缺口。

黃鬍子道：「這一口果然還可以用。」於是在手中拋來拋去，做出種種舞劍的樣子。玩了好一會兒，起身告辭。廷誨覺得這人果然有些奇怪，便把他留下來，請他住在大廳的旁邊，十分優待。黃鬍子平常不多講話，別人和他談論，也只是隨口答應罷了。

有一天，他忽然向廷誨借一匹好馬，說要出去一下。過了幾天，步行回來道：「馬受了驚嚇，逃得不知去向了。」十天之後，有人把那匹馬送回來。

又過了一個多月，黃鬍子對廷讓說道：「我要向你兄弟借銀元寶十錠，皮箱一只，好馬一匹，僕人兩個，往華陽⑩去一次。回來的時候，銀子和馬匹原物奉還。」

白廷讓暗地思量，待要不借給他，又聽說他曾經殺死過許多吝惜財物的人，有些害怕。若是借給他，又怕他一去不回來。正在左右爲難，不能決定的時候，黃鬍子果然大發脾氣，起身告辭，不肯再留。白家弟兄向他道歉道：「你要暫借十錠銀子和一匹馬，那是小事。倒是兩個僕人應當挑選一下，恐怕不合隱士的意思。」於是依照他所要的東西，完全都借給他。黃鬍子也不辭謝，跳上馬背就走。白家弟兄滿腹懷疑，無從揣測。

幾天之後，一個僕人回來了。說道：「隱士帶我們到一處土城腳下，怪我走得慢，把我打發回來。」又過了十幾天，另外一個僕人也回來了，說道：「到了陝州⑪，隱士發了脾氣，打發我回來了。」白家弟兄因爲黃鬍子是劍客，不敢私

⑩ 華陽　縣名，即今四川省華陽縣。
⑪ 陝州　即今河南省陝縣。

下議論他，恐怕被他知道了，產生禍患。

過了一年多，黃鬍子還是不回來。有個商人騎馬從白家門口經過。這匹馬便是黃鬍子借去的，白家的僕人都認得出來。白廷誨聽到了，便去盤問那商人。商人道：「這匹馬是我在華州⑫用八十千銅錢買來的。」立的契約很清楚，只是賣馬人的姓名卻換過了。這時候才知道受了黃鬍子的騙。大約三、四年後，有人在陝州看見黃鬍子，原來他一向是個善於鍛鍊鋼鐵的。

白廷誨平常外貌忠厚，心裡很有算計，不肯輕易相信別人，黃鬍子藉劍術來迷惑他，那就怪不得要上當了。

這一篇小說，見於宋人張齊賢所著的《洛陽搢紳舊聞記》。張齊賢，宋初冤句人，眞宗（趙恆）時做過宰相。《洛陽搢紳舊聞記》五卷，共二十一篇。所記唐末及五代時遺聞佚事，大都是作者親見親聞，據事直書，並非杜撰。

⑫ 華州　即今陝西省華縣。

好奇是人類的天性，倒並不限於豪門貴族子弟。舊社會時，武俠小說曾經風行一時，迷戀的人眞不少，認爲世間眞有這種奇人。甚至小學生放棄了書本，結伴往峨嵋山尋找劍仙。其實世間上根本沒有劍仙。這一篇寫白氏弟兄遇見「劍客」，飽受欺騙，可以喚醒世人對於劍仙俠客的迷戀，所以我把它譯了出來。

古鏡記

隋朝汾陰①人侯先生，乃是天下的奇士，王度曾經拜他爲師。侯先生將要死的時候，把一面古鏡送給王度，對他說道：「你只要拿了這面鏡子，一切妖魔鬼怪便會遠避了。」王度收了下來，把這古鏡當作寶物。

這古鏡的橫裡有八寸寬，鏡鈕鑄成一隻蹲伏著的麒麟。鈕的周圍劃分爲東南西北四方，有龜、龍、鳳、虎四樣動物，分列在四面。四方之外，又有八卦。八卦之外，還有十二時辰，每一個時辰有一生肖。十二時辰和生肖之外，又排列著二十四個古字，環繞在鏡子的外圍。字體有些像隸書，點畫完整無缺，但是這種古字，卻是字典上沒有的。據侯先生說：「這乃是二十四氣②的象形。」

---

① 汾陰　今山西省平遙、介休等縣。

② 二十四氣就是一年二十四個節氣。

把這古鏡拿到日光下一照，背面的文字圖畫，都在影子裡顯出來，絲毫沒有差錯。再把鏡子舉起來敲一下，那清脆的聲音，慢慢地傳布開去，直到一天以後方才聽不見。唉！這就是古鏡與尋常鏡子不同的地方，難怪它要被高人賢士所珍賞，稱得起通靈的寶物了。

侯先生時常說道：「從前我聽得人家說，黃帝鑄造十五面鏡子。其中第一面，橫裡有一尺五寸寬，乃是依照十五日月圓的數目，以下每面鏡子相差一寸。我所有的是第八面鏡子。」雖然年代久遠，沒有圖書可以查考，但是學者所講的話，當然是不會假的。

古時候楊家得到了玉環，子孫世代興盛③；張公喪失了寶劍，性命也就不保④。如今我王度生長在亂世，平日裡時常鬱鬱不樂，朝廷快要垮臺了，叫我們

③漢朝楊寶九歲的時候，見一隻黃雀被鴟梟所襲擊，跌落樹下。他把黃雀救起來，養在家裡。等到牠羽毛長好了，放牠飛去。那天晚上，夢見一個穿黃衣裳的孩子，銜了四個白玉環來謝他。後來他的子孫都做了大官。

④晉朝張華望見豐城有劍氣，命縣官雷煥尋訪。雷煥在獄中掘得兩口寶劍，一名龍泉，一名太阿。張

到哪裡去謀生？再加上失掉這面寶鏡，眞叫人傷心萬分。如今我把鏡子的奇蹟一件件詳細寫出來，幾千年之後，倘若有人得到這面古鏡，便可以知道它的來歷了。

大業七年⑤五月，王度從御史的任上罷職還鄉，回轉河東⑥。剛巧碰到侯先生去世，所以得到這面鏡子。到了那年六月，王度又回轉長安。路過長樂坡，住宿在程雄開設的客寓裡。程雄有個丫頭，是新近有人寄養在他家的。那丫頭長得很美麗，名叫鸚鵡。王度住下來之後，因爲要整頓衣冠，所以拿出古鏡來照一下，不料鸚鵡老遠看見了古鏡，便跪下來，叩頭流血，嘴裡說道：「我再也不敢住在此地了！」

王度把老闆程雄喚來，盤問那丫頭的來歷。程雄道：「兩個月前，有個客人帶了這丫頭從東方來。那時候這丫頭病得很厲害，客人便把她寄在這裡，說道：

華得了龍泉劍，常佩在身。後來寶劍忽然不見，張華也就被趙王司馬倫害死了。

⑤ 大業是隋煬帝楊廣的年號。大業七年即西元六一一年。

⑥ 河東 今山西省黃河以東的地區。

『等回來的時候帶她去。』誰知客人一去不來，我也不知道這丫頭的來歷。」

王度疑心她是個妖怪，拿鏡子逼近她。她便哀求饒命，願意顯出原形。王度把鏡子收起來，對她說道：「你先把來歷說明，然後顯出原形，我可以饒你的性命。」

丫頭連連叩頭，自己說明來歷道：「我是華山府君廟前老松樹下的一隻千年老狐，時常變成人形，出來迷人，罪該萬死。華山府君要逮捕我，我便逃到黃河與渭水中間一帶，做了下邽⑦陳思恭的養女。陳家待我很好，把我嫁給同鄉人柴華。我與柴華意見不合，便逃出來，經過韓城縣，被過路人李無傲捉住。李無傲是個粗暴的漢子，帶了我東奔西走，流浪了好幾年。日前跟他到這裡，他忽然把我留下。誰知今天遇到這一面神鏡，弄得我沒法把原形隱藏起來。」

王度又對她說道：「你既然是隻千年老狐，如今變成人形，豈不是要想害人

⑦ 下邽　舊縣名，即今陝西省渭南縣。

嗎？」

丫頭道：「變成人形來伺候人，對人並無害處。不過像我這樣逃遁躲閃，變形迷人，乃是神道所痛恨的，自然該死了。」

王度道：「我想饒恕你，可以嗎？」

鸚鵡道：「承蒙你一番厚意，我怎敢忘記你的恩德。可是我被這神鏡一照，定要顯出原形而死，難以逃避。不過我變作人形已經好久了，如今叫我顯出原形，未免有些慚愧。希望你把寶鏡藏在匣子裡，讓我痛痛快快地喝醉了酒再死。」

王度道：「我把寶鏡藏在匣子裡，你豈不是要逃走嗎？」

鸚鵡笑道：「你剛才對我好言好語，已經同意放過我了。倘若你把鏡子收藏起來，我就逃走，豈不辜負了你的恩德？其實這神鏡一照，我早已無路可逃，只希望多活一些時刻，讓我盡量地快樂一下罷了。」

王度立刻把寶鏡收藏在匣子裡，又替她準備酒菜，把程雄家的鄉鄰都請來，陪她飲酒談笑。不多一會兒，那丫頭喝得酩酊大醉，整一整衣裳，站起來跳舞，一面還歌唱道：

寶鏡寶鏡，哀哉予命！
自我離形，於今幾姓。
生雖可樂，死必不傷。
何為眷戀？守此一方！⑧

歌唱完畢，拜了幾拜，變成一隻老狐，立刻就死了。在座的人都驚奇嘆息。

大業八年四月初一，日蝕。那時王度正在御史衙門值班，白天睡在廳堂後面的小樓上，覺得太陽漸漸地昏黑起來。許多官吏來告訴他，說日蝕得很厲害。王度馬上起身，在整頓袍服的時候，拿出古鏡來照一下，覺得鏡子也是昏昏暗暗，沒有什麼光彩。這才知道寶鏡的製作，完全符合太陽、月亮發光的奧妙。要不然，爲什麼太陽失掉了光輝，這寶鏡上也就沒有光彩呢？正在嘆息驚奇，一會兒鏡子上又有了光彩，同時太陽也漸漸地明亮起來。等到太陽完全恢復原狀，那寶

⑧ 這歌詞的意思如下：「寶鏡呀寶鏡！可憐傷害了我的性命。自從我變成了人形，到如今已經換了幾個姓。活著雖然快活，死了也不必悲傷。何必戀戀不捨，定要守牢了這一塊地方。」

鏡也光芒閃爍，和從前一樣了。從此以後，每逢日蝕、月蝕，這鏡子也跟著模糊起來。

這一年的八月十五日，有個朋友名叫薛俠，得到一柄銅劍，長四尺。劍身和劍柄接連在一起，劍柄上盤著龍鳳的圖案，左面的花紋像火焰，右面的花紋像波浪，劍光閃爍，分明不是尋常的東西。薛俠帶了劍來，對王度說道：「這一口劍我已經試過好幾次了。每月十五日，假若天朗氣清，把它放在暗室裡，自然會發出光芒來，可以照到幾丈開外。我得到這口劍，已經有好幾年了。聽說王公愛好稀奇古怪的東西，到處尋訪，如飢似渴。所以我把寶劍帶來，希望在今天晚上與你試驗一下。」

王度十分高興。那天晚上，果然天氣晴朗，便把寶劍放在一間房裡，緊閉了窗戶，不留一點縫隙，然後與薛俠一同住宿在內。王度把寶鏡也拿出來，放在自己座位旁邊。不多一會兒，鏡子上放出光芒來，照得房裡如同白晝一般，兩人能夠互相看見。可是那寶劍橫在旁邊，卻毫無光彩。薛俠大驚道：「請你把鏡子放進匣子裡去。」王度依了他的話，然後那寶劍才放出光來，但是也不過一、二尺罷了。薛俠手撫寶劍，嘆口氣道：「原來天下通靈的寶物，也有互相克制的道理。」

從此以後，每逢月半，便把寶鏡拿出來，放在黑暗的房裡。鏡子上放出光來，時常能照到幾丈以外。但是倘若有月光照進房裡來，鏡子上便沒有光彩了。

這一年的冬天，王度兼任著作郎，奉旨編撰國史，要想替蘇綽⑨寫一篇傳。王度家中有個老奴，名叫豹生，年紀已經七十歲了，本來在蘇綽手下當差。他讀過史書，也略懂文章，看見王度所寫〈蘇綽傳〉的草稿，忽然忍不住傷心起來。

王度問他悲傷的緣故，豹生道：「我從前曾經受過蘇公的厚恩，如今見蘇公所說的話果然應驗，所以才悲傷起來。主人所有的那面寶鏡，乃是蘇公的朋友河南苗季子送給蘇公的。蘇公非常歡喜這面鏡子。臨死的那一年，忽然鬱鬱不樂，曾經把苗季子請來，對他說道：『我自己預料，恐怕很快將不久於人世。不知道這面鏡子應當落入誰的手裡。如今我要卜一個卦，所以請先生前來觀看。』於是叫豹生拿蓍草⑩來，蘇公親自占卜。卜完之後，蘇公說道：『我死後十餘年，我家定要失掉這面鏡子，那時它會忽然不知去向。但天地間通靈的神物，一動一

⑨ 蘇綽　北周武功人，字令綽，博學多才，善算術，官至度支部尚書兼司農卿。
⑩ 蓍草　植物名。古人有用這種草的莖來占卜，叫做「筮」。

靜，都有預兆。如今黃河與汾水中間的一帶，往往發現寶氣。這與我占卜的卦兆相符合，大約鏡子將向那邊去吧。』苗季子問道：『這鏡子將來可有人得到嗎？』蘇公再把卦兆仔細研究一番，說道：『先到侯家，後歸王家。經過這兩家之後，就不知道到哪裡去了。』」

豹生講完之後，流下淚來。王度去問蘇家，果然說：「從前有過這面鏡子。蘇公死後，便不知去向。」一切都和豹生所說的相同。所以王度所寫的〈蘇綽傳〉，最後一段，也詳細講了這件事。傳中說：「蘇公卜筮的本領，無人能及，他雖然從來不肯告訴別人，可是自己很會運用。」所指的便是這一件事。

大業九年正月初一，有個西域來的和尚，到王度家中化緣。王度的兄弟王勣出去見他，覺得那和尚容貌不俗，便把他請到屋子裡，替他預備了飯食。坐著談了好一會兒，和尚對王勣說道：「檀越⑪家中似乎有一面世間難得的寶鏡，可以讓我看一下嗎？」

王勣道：「法師怎樣知道的？」和尚道：「貧道學習《明錄祕術》，能識

⑪　檀越　佛家用語。和尚稱施主為檀越。

寶氣。檀越府上，每天有一道綠光，和太陽光相連；還有一道紅光，和月亮光相連，這一定是寶鏡的氣。貧道看見這寶氣，已經兩年了，所以如今特地選了吉日，前來拜訪，要想看一下。」

王勣把寶鏡拿出來。和尚雙膝跪下，捧在手裡，快活得彷彿要跳起來。他又對王勣說道：「這寶鏡有幾種通靈的現象，大概都還沒有顯露出來呢。只要把金膏塗在鏡面上，再用珠粉擦一下，拿來照太陽，這鏡子上的光，便可以透過牆壁。」接著和尚又嘆口氣道：「再用別的方法來試驗，簡直可以照見人的五臟六腑，可惜一時沒有這種藥。但是只要用金煙薰過，玉水洗過，然後再拿金膏珠粉，照剛才所說的方法塗一塗，擦一擦，以後就是把鏡子埋在泥裡，也不會生鏽發暗了。」於是把製造金煙玉水的方法告訴王家。後來照他的方法去做，無不靈驗，可是那個和尚卻從此不見了。

這一年秋天，王度被調派出去，兼任芮城縣縣令。縣衙中大廳前有一棵棗樹，樹幹有好幾丈粗，已經有幾百年了。歷來縣官到此接任，都要祭它，不然，立刻就會發生禍患。王度認爲種種怪異都是有人捏造出來的，這種不合禮制的祭祀，應該取消。可是縣吏們都向王度叩頭請求。王度不得已，就祭了一次。但是心裡暗想，這棵樹也許有妖怪盤踞著，以前的人不能驅除它，才養成了它的勢焰。於是悄悄地把寶鏡掛在樹上。那天晚上，大約二更左右，忽聽得廳前有極大的聲音，轟隆砰蓬，似乎在打雷。起來一看，只見天色昏黑，疾風猛雨，圍繞在大樹的四周，電光閃爍，忽上忽下。到了天明，才看見樹上有一條大蛇，紫色的鱗，紅色的尾巴，綠色的頭，白色的角，額上有個「王」字，身上受了許多傷，已經死了。王度便走下去，將寶鏡收藏起來。然後命縣吏把死蛇拖到外邊，就在衙門口用火焚燒。一面叫人掘開這棵樹，見樹心有一個洞，直通地面，越下越大，有大蛇盤踞的痕跡。後來拿泥土把這洞填塞，從此妖怪就絕跡了。

這一年冬天，王度還以御史大夫兼任芮城縣縣令，又兼河北道⑫觀察使。開倉放糧，賑濟陝東災民。那年各處都鬧災荒，百姓害病的非常多。蒲州⑬、陝州⑭一帶，瘟疫更是厲害。有一個河北人張龍駒，在王度手下當小吏，一家大小

---

⑫ 河北道　今河南省黃河以北及山東河北兩省。

⑬ 蒲州　隋朝所置，唐朝稱「河中府」，即今山西省永濟、臨晉等縣。

⑭ 陝州　今河南省靈寶閿鄉盧氏三縣。

幾十口，同時害了病。王度很哀憐他，便帶了古鏡，到他家裡。當天晚上，叫龍駒拿著鏡子去照病人。病人們見了鏡子，一個個都詫異得跳起來。大家說道：「只看見龍駒拿著個月亮來照我們。月光照到的地方，好像有一塊冰放在我們身上，冷氣直透五臟六腑，熱度立刻退下去。」到了第二天晚上，各人的病都痊癒了。

王度認爲這樣做對古鏡沒有什麼損害，卻能救許多人的性命，所以叫張龍駒悄悄地拿了鏡子，往每個害病的百姓家裡走一遍。這天晚上，鏡子在匣子裡發出長鳴，聲音很清脆，而且傳播得很遠，響了好久才停止。王度心裡覺得有些詫異。

第二天早上，張龍駒來告訴王度道：「我昨夜忽然夢見一個人，龍頭蛇身，戴著紅帽子，穿著紫袍，對我說道：『我就是古鏡的精靈，名叫紫珍，對你家曾經有過恩德，所以特地來拜託你，請你替我向王公致意。因爲百姓有罪，所以上天降下瘟疫來處罰他們。王公怎能叫我違反天意，搭救人民？況且這種疫病到下一個月就會漸漸地痊癒了，千萬不要使我爲難！』」王度覺得這話奇怪，記在心裡。到了下月，疫病果然漸漸地痊癒了，和張龍駒所說的完全一樣。

大業十年，王度的弟弟王勣，從六合縣縣丞任上辭職回家，將要出外遊覽名山大川，打算一去不回來了。王度阻止他道：「目今天下將要大亂，各處盜賊很多。你想要往哪裡去呢？我和你是同胞弟兄，從來不曾遠別。你這一去，大概要找一個地方隱居了。從前向子平⑮遠遊五嶽，後來不知去向。你倘若要效學古人，我的心裡實在是很難受的。」說罷，便對王勣流下淚來。

王勣道：「我已經決定了，不會再留在家裡。哥哥是個達觀的人，應該能體諒我。孔夫子說：『匹夫不可奪志。』人生哪怕活一百歲，也是快得如同白駒過隙⑯一般。能夠合乎我的性情，便是快樂；不能達到我的志向，便是悲傷。一心一意達到自己的願望，這也是聖賢的大道理呀。」

王度不得已，只能與他訣別。王勣道：「我這一次和哥哥分別，有一件事要請求哥哥。哥哥所珍藏的那面鏡子，並不是世俗的東西。我如今將要拋棄功名

⑮ 向子平　名長，東漢朝歌人，隱居不仕，兒女婚嫁完畢後，出遊五嶽名山，不知去向（《太平廣記》及各選本均作「尚子平」，皆誤，今改正）。

⑯ 白駒過隙　出自《莊子．知北遊》篇，比喻光陰過得很快（白駒即白馬。隙是門縫。一匹白馬在門縫外跑過，望出去，很快就不見了）。

富貴，隱居在深山窮谷之中，希望哥哥把這面鏡子送給我。」王度道：「我對於你，什麼東西也不會吝惜的。」於是把鏡子交與王勣。王勣得到了鏡子，立刻就走，也沒有說到哪裡去。

到了大業十三年夏天六月，王勣才回到長安，把古鏡交還王度，對他說道：「這鏡子眞是寶物。我辭別哥哥之後，先去遊嵩山少室峰。下了石橋，坐在玉壇上。後來天快暗了，我經過一處險峻的山岩。那邊有一石室，可以容納三、五個人，我便住宿在裡邊。那天晚上，月色很好，二更過後，忽然有兩人到來。一個面貌像胡人，鬍鬚眉毛都白了，身體很瘦，自稱『山公』。一個面孔寬闊，白鬍子，長眉毛，又黑又矮，自稱『毛生』。他們問我：『你是誰？怎麼住到這裡來？』我說：『我是個遊山玩景的人。』兩人便坐下來，與我談了好一會兒，談吐中往往有些怪誕不經的議論。我疑心他們是精怪，偷偷地伸手到背後，打開匣子，把古鏡取出。鏡子上的光芒一射出來，兩個人都『啊呀』一聲，伏在地上。矮的一個，變成烏龜，面孔像胡人的一個，變成猴子。把鏡子掛到天明，這兩樣東西都死了。烏龜身上長著綠毛，猴子身上長著白毛。」

「我又去遊箕山⑰。渡過潁水，經過太和，遊覽玉井。井旁有一個池，池中的水很清，顏色是碧綠的。詢問樵夫，樵夫說：『這就是靈湫。村中居民，每年四時八節，都要來祭這個池，懇求神靈保佑，降福消災。倘若有一次不祭，池中立刻有黑雲上升，天空中降下極大的冰雹來，把堤岸和田地都打壞。』」

「我拿古鏡去照這個池，霎時間池水洶湧，發出雷鳴一般的聲音。接著池水忽然飛上天空，池中一滴水也不剩了。池水在半空中飄了兩百多步路，然後落到地上。水中有一條大魚，約有一丈多長，鰭棘比人的臂膊還粗；頭是紅的，額上是白的，身上一條青，一條黃；沒有鱗甲，只有膩涎，形狀像蛇，角像龍；嘴是尖的，有些像鱘鱑。身體跳動的時候，閃閃發光，因為陷落在泥淖裡，所以不能逃走。我認為這就是蛟，牠離開了水，毫無辦法。就拿刀將牠殺死，燒熟了吃，肉很肥腴，滋味很好，就把牠當作了幾天的糧食。」

「我路過汴州。汴州客寓的老闆張珂，家中有個女兒，正在害病。每天一到

---

⑰ 箕山　這裡所說的箕山在今河南省登封縣東南，一名崿嶺，亦稱許由山。

晚上，她便高聲喊痛。聲音淒慘，不忍入耳。我問他們：『這是什麼緣故？』回說：『這女子害病已經好幾年了，白天很安靜，晚上常常如此。』我在他家住了一夜，晚上聽得那女子喊痛的聲音，立刻拿出鏡子來，向她房間裡一照。但聽得那喊痛的女子說道：『一個戴帽子的漢子被殺死了。』進去一看，在病人的床下發現一隻大雄雞，已經死了。原來是老闆養了七、八年的一隻老雄雞。」

「我遊江南的時候，將要從廣陵渡江。忽然江面上烏雲密布，風狂浪湧。搖船的人嚇得面如土色，恐怕要翻船。我拿了古鏡上船，鏡子的光照到江中，幾步之內，江水清可見底。四面八方的風雲都收斂起來，波浪也就平靜了。不多一會兒工夫，就渡過了長江。於是登攝山麴芳嶺，我有時爬到最高的山頂上，有時走進很深的山洞裡。在那裡見到許多禽鳥，在遊人的四周，叫個不停。還有幾隻熊，蹲踞在路當中。我拿古鏡一照，熊和禽鳥都吃了一驚，飛的飛，跑的跑了。」

「那時我渡錢塘江，恰巧碰到潮頭出海。波浪的吼聲，幾百里外都能聽到。搖船的人說道：『潮已經近了，這時候千萬不能南渡。倘若不把船退回，我們定要葬身魚腹。』我把古鏡拿出來一照，潮頭便停止不進，矗立江心，好像是一片雲的樣子。四面的江水左右分開，中間讓出五十多步寬闊的一條水路來。江水又清又淺，黿鼉等水族四散逃避。於是船上扯起了風帆，飄飄蕩蕩，直入南浦。回頭一望，只見潮頭來勢洶湧，高數十丈，已經衝到剛才我們渡過的江面上了。」

「接著登天台山，在每個山洞和幽壑中遊覽了一遍。晚上在山谷中行走，把古鏡掛在身上，周圍一百步內，光輝四射，雖是極細微的東西也能看得出來。生活在樹林中的禽鳥，都嚇得四散亂飛。」

「回來的時候，經過會稽，遇見一個奇人，名叫張始鸞。他把《周髀》、《九章》⑱和明堂、六甲⑲傳授給我以後，便與陳永一同回去。」

「我再往豫章遊覽，遇見一個道士，名叫許藏秘，據說是許旌陽⑳第七代的

---

⑱ 周髀、九章　都是中國古代的算學書籍。

⑲ 明堂、六甲　都是星名。這指古代的天文學。

⑳ 許旌陽　原名許遜，字敬之，晉朝汝南人，曾經做過旌陽縣縣令，向吳猛學道術。據說後來拔宅飛升，全家一同成仙。世稱許真君，亦稱許旌陽。

孫子。他念動咒語，能夠赤腳立在尖刀上，或踏在烈火上。我與他談到妖魔鬼怪的時候，他說道：『豐城縣倉場監督李敬慎家中，有三個女兒，生了一種怪病，大家都不識得。請我去醫治，也毫無效果。』恰巧我有個朋友名叫趙丹，極有才能，在做豐城縣縣尉。我去探望他，他叫當差的替我安排住宿的地方。我對他說道：『我要住在倉場監督李敬慎家裡。』趙丹就叫李敬慎做主人招待我們。」

「李敬慎很恭敬地招待我，我問起他女兒患病的事。敬慎道：『三個女兒一同住在客堂後面小房間裡。每天到了將近斷黑的時候，便濃妝豔抹，穿上很華麗的衣裳。黃昏後，就回到她們住的房間裡，熄了燈火。我前去傾聽，只聽得她們在黑暗中與人談笑。直到天明，方才安睡。假使沒有人去喚她們，便不會醒來。三個人都一天一天地瘦弱下去，連飯都吃不下。我也曾禁止她們，不許梳妝打扮。她們便吵著要上吊投井，眞是無可奈何。』」

「我對李敬慎道：『你帶我去看一看，她們的房間在哪裡？』這房間東面有窗。我恐怕她們把房門關得很緊，一時不容易打開，所以在白天先砍斷了窗上的四根窗格子，用別的東西給撐起來，使它還是和平常一樣，不露一點痕跡。」

「到了晚上，李敬慎來報告道：『她們已經梳妝打扮，回到房裡去了。』

到了一更天，我偷偷地去聽她們，果然正在與人談笑。便把白天換上的窗格子拔掉，拿了鏡子，跳進房去，向四周一照。那三個女子齊聲叫起來道：『把我們的丈夫殺死了。』」

「開頭什麼也沒有看見。把鏡子掛到天明，才見房裡有一隻黃鼠狼，從頭至尾，長一尺三、四寸。身上沒有毛，也沒有牙齒。又有一隻老鼠，也沒有毛和牙齒，身體很肥大，大約重五斤左右。還有一隻守宮㉑，和人的手臂一樣長，身上有鱗甲，五色斑斕，頭上有兩隻角，長約半寸，尾巴長五寸多。尾巴尖上的一寸，顏色是白的。這三樣東西，都死在靠牆壁的一個洞前。從此以後，三個女子的病都痊癒了。」

「後來我往廬山尋訪得道的仙人，在山上盤桓了幾個月。有時住在樹林裡，有時露宿在草叢中。虎豹豺狼，不斷地來來往往。只要拿古鏡一照，牠們都逃走了。廬山有個隱士，名叫蘇賓，是個很有學識的人，深通《易經》的道理，

㉑ 守宮 一種蜥蜴類爬蟲名，俗稱壁虎。

能知過去未來。他對我說道：『凡是天下通靈的寶物，都不肯久留世上。如今天下大亂，他鄉不可以久居。好在這面鏡子還在你的手裡，可以保護你，快些回轉家鄉去吧。』」

「我很贊同他的話，即日回轉北方，趁便又往河北遊覽一次。晚上做了一個夢，夢見古鏡對我說道：『我承蒙令兄優待，如今要離開人世，往遠處去了。我想與令兄一別，請你早日回轉長安去吧。』我夢中答應了它。到了天明，一個人仔細想想，心中恍恍惚惚，似乎有些害怕。便立即動身西行，回轉長安。今天已經見了哥哥，我總算沒有違背諾言。恐怕這件通靈的寶物，終究也不是哥哥所能保得住的。」幾個月之後，王勣回轉河東去了。

大業十三年七月十五日，匣子裡忽然發出悲哀的聲音。起初很細很遠，一會兒漸漸大起來，好像龍吟虎嘯一般，響了好久才停。打開匣子一看，古鏡已經不見了。

這是唐人傳奇中最早的一篇，原出《異聞集》，收入《太平廣記》卷二三〇。作者王度，據本文云，隋朝大業七、八年間，他做過御史兼著作郎，奉詔撰國史，九年秋出兼芮城令，那年冬天，又兼河北道觀察使。他有個兄弟，名叫王勣，做過六合縣縣丞。除此之外，因爲新舊《唐書》都沒有王度的傳，無從查考。按兩《唐書．隱逸傳》有王績，字無功，絳州龍門人，是大哲學家王通的弟弟。大業中，做過揚州六合縣縣丞。因爲對政治沒有興趣，辭職還鄉。武德（唐高祖李淵年號）初年，又出來做過門下省待詔。貞觀（唐太宗李世民年號）初，因病罷職。他另有一個哥哥，名叫王凝，字叔恬。隋朝做過著作郎，曾經撰《隋書》，沒有成功。這樣看來，王勣很可能就是王績，而王度也許就是王凝。古人寫小說，往往不肯用眞姓名，這原是極尋常的事。王績所著《醉鄉記》、《五斗先生傳》、《無心子傳》，也近於傳奇，大概他們弟兄倆都是喜歡寫小說的。他們雖然生在隋朝，卻死於唐朝貞觀年間。這篇傳奇著作的年代，已是唐初，所以收入唐人陳翰所編的《異聞集》中。

寫器物靈異的小說，在六朝人志怪中早已有了。但是情節的恢奇，規模的弘大，卻從來沒有比得上這一篇的。這篇傳奇，洋洋灑灑，三、四千言。其中包括有十幾個故事，離奇變幻，層出不窮，眞可以說是集古鏡怪異之大成了。在唐人小說中，自然應當列入很優秀的作品。

任氏傳

任氏是一個女妖。

有一個韋使君，名崟①，排行第九，是信安王李禕的外孫，年輕時，行爲放浪，喜歡飲酒。他有個堂房妹夫，姓鄭，排行第六，名字已記不起來了。早年學過武藝，也貪酒好色，因爲窮得無家可歸，只能寄居在丈人家中。他和韋崟很要好，時常在一起遊玩。

天寶九年②六月裡的一天，韋崟和鄭六一同在長安大街上行走，將要到新昌裡去飲酒。走到宣平裡南面，鄭六向韋崟說，另外有些事情，要往別處去一趟，隨後再到飲酒的地方來。於是韋崟騎了匹白馬，獨自向東去了。

---

① 使君　古時州郡長官的尊稱。崟，音ㄧㄣˊ。

② 天寶是唐玄宗（李隆基）的年號。天寶九年即西元七五〇年。

鄭六騎一頭驢子向南走，到了升平里北柵口，偶然遇見三個女人在街上步行。其中一個穿白衣裳的，容貌非常美麗。鄭六一見傾心，便加上一鞭，趕著驢子，一會兒在前，一會兒在後，和她們一起走。有心要上去挑逗，只是不敢冒昧。那白衣女子也時時在看他，對他似乎很有意思。於是鄭六便對她說笑道：「像你這樣漂亮的人，怎麼在街上步行？」

那白衣女子笑道：「你有了牲口不肯借給人家，我不步行又怎麼辦呢？」

鄭六道：「只怕我這頭蹩腳的牲口，不配做美人的代步。如今我把牲口借給你，我只要能步行跟在你的後面，也就心滿意足了。」兩人你看我，我看你，都笑了起來。還有那女子的同伴也跟著打趣。不多一會兒，大家已經覺得很親熱了。

鄭六跟她們向東走，到樂遊園，天色已經昏黑，看見一所房子，黃泥牆，月洞門，屋宇很整齊。白衣女子將要進去，回頭向鄭六道：「請你在這裡等一下。」於是她走進去了。跟她的一個女僕留在門口，問鄭六姓什麼。鄭六告訴了她，便問她家小姐姓什麼。女僕道：「姓任，排行二十。」

過了一會兒，請鄭六進去。鄭六把驢子繫在門口，將帽子放在鞍上。走到裡邊，看見一個婦人，年紀大約三十多歲，出來招待鄭六。這就是任氏的姊妹。

於是點了燈燭，擺上酒菜，鄭六先喝了幾杯酒。任氏換好服裝，從裡邊出來，陪著鄭六飲酒，大家十分歡樂。到了深夜，便一同安睡。任氏容貌美麗，體態窈窕，一言一笑，一舉一動，都顯得嬌豔動人，簡直不像是人間的女子。

天快亮時，任氏道：「你可以走了。我姊妹是教坊③中樂戶，派在南衙④當差，天一亮就要出去。你不能再耽擱了。」於是雙方約定了以後見面的日子，鄭六便起身告辭，出門而去。

走到巷口，柵門尚未開放。門旁有一家西域人所開的燒餅店，點了燈燭，正在生爐子。鄭六就在店門口簾子下休息，坐著等候晨鼓響⑤，一面便和燒餅店的老闆閒談起來。

鄭六指著他昨夜住宿的所在，問老闆道：「從這裡向東轉彎，有一扇月洞門

---

③ 教坊　教授音樂、管理倡優的機構。
④ 南衙　唐朝禁軍分南北衙。教坊因為設在禁中，所以也屬於南衙或北衙。
⑤ 晨鼓　唐朝京城裡的制度，每日黎明時，須待敲過晨鼓，各里口的柵門才許開放。

的房子，這是哪一家的住宅？」

老闆道：「那邊只有塌牆荒地，哪有什麼住宅！」鄭六道：「我剛才還在那邊，怎說沒有？」

老闆忽地恍然大悟道：「哦！我明白了！這荒地裡有一隻狐狸精，時常引誘男子往裡邊住宿，我已經見過三次了。如今你莫非也遇見了？」

鄭六自覺慚愧，只得瞞他道：「我沒有遇見她。」

天亮了，再去看那個地方，只見黃泥牆和月洞門依然還在。可是向裡邊一望，荊棘遍地，一片荒蕪，原來不過是人家的一個廢園罷了。

回去見了韋崟，韋崟埋怨他失約。鄭六不肯洩露，只推說有別的事，敷衍過去。但是一想到任氏的美貌，就希望能再見她一面，心裡老是念念不忘。

過了十幾天，鄭六出外遊玩，踏進西市的衣服鋪，一眼看見任氏也在那裡。從前跟她的那個女僕，依舊跟在後面。鄭六忙上前喊她。任氏側轉了身子，擠進人群裡去，想要避開鄭六。鄭六連連叫喚，趕上前去。任氏才背轉身軀站住了，把扇子遮住身後，說道：「你已經知道了我的底細，何必再來與我親近！」

鄭六道：「我雖然已經知道了，但是這又有什麼關係呢？」任氏道：「我自覺慚愧，沒有面目見你。」鄭六道：「我這樣苦苦地想念你，你忍心把我丟開嗎？」任氏道：「我怎敢把你丟開，只怕你要厭惡我呀！」

鄭六對天立誓，說得很懇切。任氏回頭一看，便把扇子收掉。依舊容光煥發，和從前一樣的美麗。她對鄭六說道：「世上像我這樣的女人很多，只是你分辨不出來罷了。你不要少見多怪！」

鄭六要求再和她歡敘。任氏道：「我們的同類之所以被人家厭惡，只是因為要傷害別人罷了。唯有我，與她們不同。倘若你不厭惡我，我願意一輩子伺候你。」

鄭六答應找一所房子，和她同居。任氏道：「從這裡向東去，有一棵大樹從屋梁中伸出來的地方，十分幽靜。這所房子，我們可以租下來居住。前天在宣平里南面騎著白馬向東去的那一位，不是你妻子的弟兄嗎？他們家裡，家具很多，你可以去借用。」

那時韋崟的叔伯都在外邊做官，三個宅子裡的家具雜物，完全堆著不用。鄭六依了任氏的話，先看好房子，然後去向韋崟借家具。韋崟問他要家具何用。鄭六道：「我新近得到了一個美人，已經租好房子，所以要借些家具使用。」韋崟笑道：「瞧你那副嘴臉，只能弄到個醜婆子罷了，哪裡會有什麼絕色佳人！」

韋崟把帳幃床榻等家具借給鄭六，派一個聰明伶俐的僮兒跟了去看。不多一會兒，那僮兒氣喘吁吁，滿頭大汗地奔回來。韋崟迎上前去問道：「眞有一個女人嗎？」又問：「那女人的容貌如何？」僮兒道：「眞奇怪！世上從來不曾見過這樣的美人。」

韋崟的親族很多，而且他一向到處遊玩，所認識的美貌女子不少。便問僮兒道：「這女子與某人比起來，哪一個美？」僮兒道：「某人比不上她。」韋崟接連舉出四、五個最最美麗的女人來。僮兒都說：「比不上她。」這時吳王第六個女兒，便是韋崟的內姨，嬌豔得像仙女一般，表姊妹中向來推她爲第一。韋崟問道：「比起吳王府中的六小姐來，哪一個美？」僮兒道：「六小姐也比不上她。」

於是韋崟詫異起來，拍手道：「天下難道眞有這樣的美人嗎！」立刻命僕人打水洗臉，修飾一番，換上新頭巾，找到鄭六的新屋裡去。

到了那邊，鄭六恰巧不在家。韋崟踏進大門，只見一個僮兒拿著掃帚在掃地，一個女僕站在門口。除了這兩人之外，卻不見有任氏。問僮兒，僮兒笑道：

「沒有。」韋崟到屋裡去巡視，只見房門下露出一角紅衣。走近去仔細觀看，原來任氏躲在房門背後。韋崟繞到外邊，站在有亮光的地方，看向任氏，果然比僮兒所說的還要美麗。

韋崟歡喜得幾乎要發狂了，立刻上前抱住她，向她求歡。任氏不答應，韋崟用暴力逼迫她，逼得太急的時候，任氏說道：「我答應你，請你放手。」韋崟依了她的話，把手一鬆。哪知任氏依舊堅決拒絕，不肯答應。這樣的反反覆覆三、四次，韋崟用全力逼她，不肯再放鬆。任氏氣力用盡了，汗流如雨，自己估量逃不出韋崟的手掌，就軟癱著身子，不再抗拒，但是臉上顯得十分淒慘。

韋崟問道：「你爲何這樣的不快活？」任氏長嘆道：「鄭六未免太可憐了！」韋崟道：「你這話是什麼意思？」任氏道：「鄭六雖是個堂堂六尺男子，卻不能保護一個女人，這還能算得上大丈夫嗎？你年紀輕輕，家財豪富，手頭闊綽，結交過許多美麗的女子。像我這樣的人，你是見得多了。至於鄭六，是一個窮人。他認爲稱心滿意的伴侶，只有我一個。你有餘而別人不足，你還忍心搶別人的伴侶嗎？我覺得鄭六眞可憐，因爲他是一個窮人，不能自立，吃你的飯，穿你的衣，所以不能不受你的節制。假使他自己能有一口飯吃，也就不會弄到這步田地了。」

韋崟的脾氣很豪爽，而且極講義氣，一聽任氏的話，立刻便放了她，向她拱手道歉道：「我再也不敢有非禮的舉動了。」

不多一會兒，鄭六回來，與韋崟見面，大家都很高興。從此以後，凡是任氏所需要的柴米魚肉，都由韋崟供給。任氏時常外出遊玩，有時坐車，有時騎馬，有時乘轎，有時步行。她不大肯待在家裡。韋崟每天跟她在一起玩，十分快樂。彼此非常親密，像一家人一般，但並沒有不正當的舉動。

韋崟很敬愛任氏，凡是她所需要的東西，毫不吝惜。每次吃飯飲酒，從來不曾忘記過任氏。任氏也知道韋崟很愛她，偶然談起，便向韋崟表示感謝道：「承蒙你這樣的愛我，我十分感激。只是自己知道生得太粗蠢，不能報答你的厚意。而且我不願意辜負鄭六，因此不能遂你的心願。我是秦州⑥人，生長在秦州城內，祖上世代是當樂戶的。我的表姊妹和親戚家中的女孩子，都嫁給人家做姨太

⑥ 秦州　今甘肅省南部。

太，所以和長安城裡的各家妓院，都有來往。你倘若見到有什麼美貌的女子，心裡愛她而不能得到，我可以替你設法弄來。希望用這種方法來報答你的恩德。」韋崟道：「很好。」

市場上有一個賣衣服的女人，名叫張十五娘，肌膚細膩白嫩，韋崟曾經愛過她。便問任氏：「可認識她嗎？」任氏道：「這是我表弟婦的妹子，要弄她來是很容易的。」過了十多天，果然替韋崟弄到手。

幾個月之後，韋崟對於張十五娘又厭倦了。任氏道：「市場上的女人，很容易弄到手，不足以顯示我的力量。假使有什麼深閨女子，難以設法的，你可以告訴我。我願意用全副的力量，替你辦到。」

韋崟道：「前天寒食節，我和幾個朋友往千福寺遊玩。看見一個將軍，名叫刁緬，在佛殿上飲酒奏樂。中間有個善於吹笙的女子，年紀大約十五、六歲，梳了兩個髻，垂在耳邊，長得非常美麗，眞是世間少有。你可認識她嗎？」

任氏道：「這女孩子名叫寵奴。她的母親，乃是我的表姊。我可以替你設法。」韋崟立刻向她拜謝。

於是任氏時常與刁家往來。過了一個多月，韋崟來催她，問她可有什麼辦法。任氏向韋崟要兩匹綢絹，作爲暗中運動的費用。韋崟就給了她。兩天之後，任氏與韋崟正在一起吃飯，刁緬派一個僕人牽匹青馬，來接任氏。任氏聽說有人來接她，便笑著對韋崟說道：「事情成功了！」

起先，任氏暗中作法，使得寵奴害起病來。打針服藥，毫無效果。寵奴的母親和刁緬都非常擔憂，請女巫前來看病。任氏暗中買通女巫，把自己住的地方告訴她，叫她說，只要把寵奴移到那個地方，病就會好了。女巫去看病，便說道：「住在家裡很不利，應該把她搬出去，住在東南方某處，讓她得一點生氣，病就會好的。」刁緬和寵奴的母親一查女巫所說的地方，恰巧是任氏的屋子，就把任氏請來商議，要讓寵奴住到她家去。任氏假意推辭，說自己家中太狹窄。再三向她請求，才答應了。於是刁家將車子裝了衣服用具，連同寵奴的母親，一起送到任氏家中。

寵奴一到任家，病就好了。沒過幾天，任氏偷偷地把韋崟帶到家中，和寵奴私會。過了一個多月，寵奴懷孕。她的母親害怕，立刻把女兒帶回刁家，仍讓她和刁緬住在一起。從此以後，韋崟和寵奴便斷絕了。

有一天，任氏對鄭六說道：「你若能設法弄五、六千銅錢來，我可以替你賺一點錢。」鄭六道：「可以。」便向人家借了六千銅錢。任氏道：「市場上有一個賣馬的人，馬的腿上有一個斑，你可以買回來養著。」

鄭六跑到市場上，果然看見一個人，牽了匹馬要出賣。那馬的左腿上有一個青斑，鄭六買了回來。他妻子的弟兄都笑他道：「這匹馬是廢物，買來有什麼用？」

過了不久，任氏道：「這匹馬可以賣出去了，能夠賣到三萬銅錢。」鄭六便牽出去賣。有人出價兩萬，鄭六不肯賣。市上的人都說道：「這個買的人何苦出這等高價？那個賣的人爲何還捨不得賣？」鄭六騎了馬回家，那個要買馬的人跟到他門上，再三加價，加到兩萬五千。鄭六還是不答應，他說道：「非三萬錢不賣。」他妻子的弟兄都埋怨他。鄭六不得已，就在那人加到將近三萬時賣掉了。

後來私下去找那買馬的人，問他一定要買這匹馬的緣故。原來昭應縣養著一匹御馬，腿上有一個青斑。這馬已經死掉三年了，如今養馬的官吏快要卸任，倘若交不出這匹馬來，公家追徵馬價，就要繳六萬銅錢。假使用半價買到一匹馬，還可以省錢不少。而且有了一匹馬充數，那麼三年來省下來的飼料費用，就完全歸養馬的官吏所有了。如此算來，他買這一匹馬，自己所費並不多，因此一定要買下來。

任氏因爲衣服太舊了，向韋崟要幾件新衣服。韋崟想買一匹綢緞送她，讓她自己去縫，但是任氏不要，她說道：「我要買現成的。」韋崟叫一個商人張大替她去買，先讓張大見一見任氏，問她要些什麼衣服。張大看見了任氏，大吃一驚，對韋崟說道：「這定然是天上神仙，或者是皇親國戚，不知道怎樣被相公偷得來的。她一定不是民間的女子，希望相公趕快送她回去，千萬不要弄出禍患來。」可見任氏的美麗動人如此。至於爲何她要買現成的衣服而不肯自己縫紉，韋崟卻不知道是什麼意思。

過了一年多，鄭六調任武職，被派做槐里府⑦果毅尉⑧，要往金城縣⑨去接任。鄭六因爲家中有了妻子，白天雖然可以出外遊玩，晚上定要回家，不能自由

---

⑦槐里府　槐里，舊縣名，在今陝西省興平縣東南，隋朝時便廢掉了。唐朝沒有「槐里府」，這是作者隨意揑造的。

⑧果毅尉　唐朝武官名。

⑨金城縣　漢朝所置，在今甘肅省皋蘭縣西南，隋朝時已經廢掉了。

住在任氏那裡，心裡老是不舒服。如今要去上任，便邀任氏同去。任氏不肯，說道：「在路上同行，不過十天半月，哪有什麼快樂。還是請你給我一些生活費用，我住在這裡，等你回來。」

鄭六懇求任氏，任氏堅決不答應。鄭六沒法，只得請韋崟資助她的生活。韋崟也再三相勸，並且問她不肯去的緣故。任氏躊躇了好一會兒，才說道：「有一個女巫對我說，我今年往西邊去，很不吉利，所以我不願意去。」

鄭六心裡很迷戀任氏，一定要她同去，聽了這話，便和韋崟哈哈大笑道：「你這樣一個聰明人，竟然會相信女巫的妖言，這是什麼道理？」還是堅決要她同去。任氏道：「假使女巫的話是靈驗的，我白白為你犧牲，對你又有什麼好處呢？」兩人都道：「哪有這種道理。」依舊請她同去。任氏沒法，只好跟鄭六一同去了。

韋崟把一匹馬借給任氏騎，並且在臨皋替他們餞行，然後分別。

在路上走了兩天，到馬嵬坡⑩。任氏騎馬在前，鄭六騎驢子跟在後面，女僕另外騎一頭牲口，又在鄭六的背後。這時候西門御馬監養馬的人正在洛川訓練獵狗，已經有十多天了，他們剛巧在路上碰到。一頭獵狗從草叢裡躥出來。鄭六見任氏突然從馬背跌到地上，顯出原形，向南飛奔。獵狗追趕上去。鄭六跟在後面，大聲吆喝，但是哪裡能喝得住。追了一里多路，終於被獵狗捕獲，將她咬死了。

鄭六含著眼淚，拿出錢來，將她的屍首贖回，掘土埋葬。削一塊木片，插在地上，做個記號。回頭一看，那匹馬還在路旁吃草。任氏的衣服都堆在馬鞍上，鞋襪仍掛在馬踏鐙上，首飾都掉在地上，好像金蟬蛻殼一般。其餘什麼都看不見了，連那個女僕也不知去向。

十餘天之後，鄭六回轉長安。韋崟見了他，甚為高興，迎上前去問道：「任氏可安好嗎？」鄭六流淚道：「她已經死了。」韋崟聽到這消息，也很悲

---

⑩ 馬嵬坡　在今陝西省興平縣西二十五里。

慟。兩個人拉著手走進屋子裡，非常傷心。後來韋崟問起任氏害的是什麼病症。鄭六道：「她是被狗咬死的。」韋崟道：「狗雖然凶猛，怎能咬死人？」鄭六道：「她本來不是人呀！」韋崟吃了一驚道：「她不是人，是什麼？」於是鄭六把始末情由都告訴了他。韋崟聽了，驚奇嘆息不已。

第二天，韋崟坐了馬車，和鄭六一同往馬嵬坡，把任氏的屍首掘出來看過，傷心了一陣，才回轉長安。回想起從前的事，只有衣裳不肯自己縫紉這一點，與尋常人有些不同。

後來鄭六做到總監使，家裡很有錢，馬棚裡有馬十多匹。他活到六十五歲才死。

大曆⑪年間，沈既濟住在鐘陵，曾經和韋崟結交朋友。韋崟時常談起這件事，所以知道得很詳細。後來韋崟做到殿中侍御史，兼隴州刺史，就死在任上，沒有回轉家裡。

---

⑪ 大曆　唐代宗（李豫）年號（西元七六六年至七七九年）。

建中二年⑫，沈既濟由左拾遺降職往江南。那時將軍裴冀、京兆少尹孫成、戶部崔需、右拾遺陸淳，都貶謫到東南去。從秦州往江南，水陸兩路，大家都在一起走。還有前任拾遺朱放，因爲出去遊歷，也跟隨同行。渡潁水，過淮河，幾艘船靠攏在一起，順流而下。白天飲酒，晚上閒談，各人講出所知道的奇聞異事來。大家聽到任氏的事，人人嘆息稱奇，便叫沈既濟替她寫一篇傳，把這奇異的事情記錄下來。

這一篇傳奇是唐人沈既濟所著，收入《太平廣記》卷四五二。沈既濟，蘇州吳人，通經學，能文章。德宗（李適）建中初年，由楊炎的舉薦，做過右拾遺史館修撰。貞元初，楊炎失勢，他被牽連，貶處州司户參軍。後來又入朝，拜吏部員外郎，死於貞元末年。他所寫的傳奇，除了這一篇外，還有一篇〈枕中記〉。在唐人小說中，也是很著名的作品。

---

⑫ 建中　唐德宗（李適）年號。建中二年即西元七八一年。

任氏雖是個狐狸精，作者卻把她寫成個人的性格，而且寫得她愛情專一，知恩報德，叫人讀了，只覺得妖怪的可愛，不覺得妖怪的可怕，這便是作者的極大成功處。當然，任氏爲了報德，幫助韋崟玩弄了張十五娘和寵奴兩個女性，那是糟粕。後人所作的《白蛇傳》，和蒲松齡所著的《聊齋志異》，把鬼怪寫得富有人情，十分可愛，顯然都是受了這一篇傳奇的影響。

李娃傳

汧國夫人李娃，原是長安的妓女。她的品格高尚，實在有值得稱讚的地方，所以監察御史白行簡替她寫了這篇傳。

天寶年間，有個常州刺史滎陽公，名字這裡不提了。他在當時極有聲望，家道很富足，年紀五十左右。只有一個兒子，已經二十歲了。資質聰明，滿腹文才，不像尋常一般青年的樣子，因此當時人對他都很推許佩服。他的父親很愛他，而且器重他，時常說：「這是我家的千里駒①呀。」

他在郡中被選拔爲秀才，將要往長安應試②。臨行的時候，父親替他準備了極華麗的衣服、裝飾、車輛、馬匹，又替他算一算在京裡應該要多少開支，一起

①千里駒　「駒」是小馬。「千里駒」是日行千里的小馬，比喻英俊少年。
②唐朝的秀才，可以進京考進士，與明朝、清朝的制度不同。

都給他帶去，對他說道：「據我看來，像你這樣的才學，定然一下子就能考中的。如今我給你兩年的費用，而且特地多給你一點，這是鼓勵你的意思。」公子也自命不凡，看得功名似乎在掌握之中。

他從常州出發，在路上走了一個多月。到達長安後，住在布政里。有一天，他從東市遊玩回來，走進平康里東門，要往西南去看一個朋友。經過鳴珂里小弄中，看見一所住宅，門庭並不十分寬敞，可是屋宇很峻深。兩扇大門，一扇開著，一扇關著。有個女郎站在門口，手扶著一個梳雙髻的小丫頭。那女郎的容貌，長得非常美麗，眞是人間絕色，世上少有。公子突然看見了，不覺扣住馬匹，停了好一會兒。一時捨不得走開，於是假意把馬鞭子掉在地下，等候跟隨的人替他拾取。他目不轉睛地看那女郎，那女郎也呆呆地望著他，露出很愛慕的神情。可是公子究竟不敢上前和她講話，沒奈何只得回轉寓所。

從此以後，公子好像失魂落魄似的，於是私下去找一個熟悉長安情形的朋友，打聽這戶人家的來歷。朋友道：「這是妓女李娃的住宅。」公子道：「李娃可以求得到嗎？」朋友道：「李家很闊綽，往來的都是豪門貴族，因此賺的錢不少。沒有上百萬銅錢，不能打動她的心。」公子道：「我只怕不能成功，花一百萬銅錢，那有什麼捨不得呢？」

過了幾天，他換上一身新衣服，帶了許多跟隨的人，往李家去敲門。一會兒，有個丫頭出來開門。公子問道：「這裡是誰家的住宅？」丫頭不答，飛快地跑進去，高聲叫道：「前番掉落馬鞭子的公子來了！」

李娃聽了很高興，說道：「你暫且請公子等一下，待我打扮好了，換上衣服，出去接待他。」

公子聽了這話，心裡暗暗歡喜。丫頭把他引到屏門後，看見一個白髮駝背的老婆子，這就是李娃的假母。公子上前拜見，說道：「聽說這裡有空房子，我願意出些租金，租下來居住，不知可有這事嗎？」

假母道：「只怕這裡的房子太狹窄，不配公子居住，哪裡敢要什麼租金！」

於是把公子請到客廳上。裡面陳設得十分華麗。兩人一同坐下。假母道：「我有一個女孩子，年紀還輕，技藝很拙劣，只是歡喜接待賓客。她願意和公子相見。」說罷，就把李娃喚出來。

那李娃有一對明朗活潑的眼睛，一雙粉裝玉琢的手腕，走起路來，婸婸婷婷，姿態很美妙。公子慌忙站起來，低著頭不敢看她。向她見過禮，說幾句客套話，見她一舉一動都嬌媚動人，簡直從來未曾見過。於是大家又坐下來。李家奉茶敬酒，所用的器皿，都非常講究。

坐了很久，天色已晚，暮鼓聲從四面八方響起來。假母問公子，寓所遠近如何。公子騙她道：「我住在延平門外，出城還有好幾里路呢。」他是有意說得遠一點，希望李家能留他住下。可是假母說道：「暮鼓已經響了，公子應當趕快回去，不要犯了宵禁，惹出麻煩來。」

公子道：「今天我很幸運，能和你們談談笑笑，不覺天色已經晚了。我的寓所很遠，城裡又沒有親戚，叫我怎麼辦呢？」

李娃道：「假如公子不嫌地方狹窄，我們準備請你搬到這裡來住。今天寄宿一夜，那又有什麼關係呢？」

公子不住地把眼睛看著假母。假母便說道：「很好！很好！」

於是公子把跟隨的僮兒喚進來，叫他拿出兩匹絹③，交與李家，請李家備一頓晚飯。李娃笑嘻嘻地阻止他道：「這樣就不是主人待客的禮節了！今天的一切費用，你都不用管。只是我們家裡窮，只能隨便吃些粗茶淡飯。其餘等過幾天再說吧！」再三推辭，一定不肯收受。

一會兒大家到西邊廳堂上去坐。屋子裡的帳幔、窗簾、床榻，都光彩耀目。便是那妝奩、被褥、枕頭，也都非常精緻華麗。於是點了燈燭，擺上筵席，菜肴極其豐盛。吃過晚飯，假母走出去了，公子和李娃才親親密密地談起來，調笑打趣，無所不至。

公子道：「前些天偶然打從你家門口經過，恰巧碰到你在門口。自那以後，我時時刻刻在想念你，便是睡覺和吃飯的時候，也沒有把你忘掉。」

李娃道：「我的心也和你一樣。」

公子道：「這一次來，我不單是要找房子，乃是希望達到我平生的志願，但

---

③ 唐朝人可以把綢絹代替銀錢使用。

不知我的運氣如何？」

話未說完，假母又走進來，問他們在談些什麼。他們老實告訴了她。假母笑道：「男女之間，愛慕是免不了的。倘若彼此情投意合，即使父母之命，也無法加以阻止。只是小女才貌醜陋，怎能配得上公子呢！」

公子立即退到階下，向假母拜謝道：「即使叫我在你家做奴才，我也是心甘情願的。」

於是假母便把公子當作新姑爺看待，又陪他喝了一回酒，方才走開。

到了第二天，公子把自己的行李一起搬過來，住在李家。從此以後，他很少外出，不再與親戚朋友見面。每日裡只是和妓女優伶們混在一起，飲酒作樂。錢用光了，便把車馬和僮僕陸續變賣。在李家住了一年多，帶來的銀錢、車馬、奴僕，全都沒有了。

後來假母的態度漸漸冷淡起來，但是李娃對他的愛情卻更深了。有一天，李娃對公子說道：「我與你相好了一年，還沒有生兒育女。我時常聽人家說起，竹林寺裡的菩薩，非常靈驗。我想備一副祭禮，前去求子，你看好不好？」

公子不知是計，非常高興。於是當掉了幾件衣服，買一副三牲祭禮，和李娃一同前往竹林寺禱告。在廟裡住了兩夜，然後回家。

公子騎著驢子，跟在李娃的車後。到了宣陽里北門口，李娃對公子說道：「這裡朝東轉彎一條小弄裡，是我姨母家。我想進去歇息一下，順便探望姨母，你看如何？」

公子依了她的話，再向前走，不到一百步路，果然看見一座房子。向邊門裡張望一下，見裡邊院子十分寬敞。跟在車後的丫頭喚住公子道：「到了！」

公子剛下馬，恰巧有一個人走出來，問他們道：「來的是誰？」公子道：「是李娃。」那人進去報告。一會兒，有個婦人走出來，年紀約有四十多歲，向公子招呼道：「我的甥女兒來了嗎？」李娃下車，那婦人迎上前去，問道：「你爲什麼好久不來？」大家互相看著，笑了一笑。

李娃引公子拜見姨母。見過之後，便一同走進西邊門內的院子裡。那邊有假山，有亭子，竹子樹木很茂盛，池塘水閣，十分幽靜。公子問李娃道：「這裡可是姨母的私宅？」李娃笑了笑，沒有回答，把話岔到別處去了。

一會兒送上茶和水果，都是很名貴的東西。正在吃的時候，忽然有個人牽了一匹馬，滿頭大汗地趕來，對李娃說道：「你媽得了急病，十分危險，幾乎連人也認不出來了。你應當趕快回去！」

李娃對她姨母說道：「我的心亂了！如今我先回去，然後派車子來接你。你可以和公子一起來。」

公子想要跟李娃一同回去。姨母和丫頭說了幾句，便向他搖搖手，叫他站在門外，對他說道：「老太快要死了。你應當留在這裡，和我們商議怎樣辦理喪事，幫助李娃解決困難。你怎麼就想跟她走了？」於是公子便留下來，和姨母計畫喪葬祭奠的費用。

天色晚了，車子還不見到來。姨母道：「連個回音都沒有，這是什麼緣故？公子趕快去看一下，我隨後就來。」

公子立刻就去，回到李家，只見大門關得緊緊地，不但上了鎖，而且還貼上封條。公子大吃一驚，去向鄰居打聽。鄰居道：「李家本來是租賃這所房子住的。如今租期已滿，房東已把房屋收回。李老太搬往別處去住，已經有兩天了。」再問她們搬往何處，鄰居道：「地點我們可不知道。」

公子要想趕往宣陽里去問李娃的姨母，可是天色已晚，計算路程，怕趕不到，只得脫一件衣服當了錢，胡亂吃一頓晚飯，在旅館裡寄宿一晚。只因心裡十分煩惱，所以一夜未曾合眼。

天一亮，便騎了驢子，趕往宣陽里。到了那邊，接連敲門。敲了有一頓飯的時間，沒人答應。公子高聲喊叫了好幾次，才有一個當差的慢吞吞地走出來。公子忙上前問道：「姨母可在家裡嗎？」那人道：「這裡沒有什麼姨母。」

公子道：「昨天晚上明明在此，怎麼今天躲起來了？」又問這裡究竟是誰的住宅。那人道：「這是崔尚書的房子。昨天有人來租賃西邊的院子，說是要在這裡等候一個遠道來的表親，不到天黑就走了。」

公子又是著急，又是疑惑，幾乎要發狂了，不知道怎樣才好，沒奈何只得回到布政里原來的寓所。房東哀憐他，請他吃了一頓飯。他一肚子怨恨，沒處發洩，三天沒有吃東西，終於害起病來。

過了十幾天，病勢越發沉重了。房東怕他死在屋子裡，把他送到凶肆④裡去。他昏昏沉沉地挨延了一段時間。凶肆中的夥計們見他實在可憐，大家很同情

---

④ 凶肆　古時專門替人家辦喪事的店鋪，大致和現在北方的儀仗鋪、南方的貰器店差不多。

他，拿些飲食餵給他吃。後來病好了些，拄著杖能站起來。於是凶肆裡的夥計每天讓他做些工作，叫他專管喪事人家的靈幃，拿些工資，以養活自己。

過了幾個月，身體漸漸恢復了健康。每次外出工作，聽到人家唱送喪的哀歌，不免傷感嘆息，覺得自己這樣活在世上，還不如乾脆死了的好，於是嗚嗚咽咽地哭起來，簡直無法抑制滿腔的悲慟。回到店裡，便學唱哀歌。他本來是個絕頂聰明的人，沒過多久，便把哀歌唱得非常動聽，長安城裡沒有人能比得上他。

長安城裡有兩家最大的凶肆，向來在營業上競爭得非常厲害。東城的一家，車輛轎子，都十分講究，可以說全城無敵，只是唱哀歌的人本領太差。老闆聽說公子唱得好，便出兩萬錢僱用了他，叫一班唱哀歌的老前輩，把拿手的歌曲暗暗地教給他，幫他創造新聲，互相研究唱和。這樣經過了幾十天，外邊卻沒有人知道。

兩家凶肆的老闆互相商議道：「我們不妨把店裡所有出賃的器具陳列在天門街，比賽一下，讓大眾來評判誰優誰劣。輸的罰他出五萬錢請客，好不好？」兩家都答應了，於是邀請了證人，立一張合同，雙方都簽了字，作爲證據，然後各自把器具陳列出來。

男男女女來參觀的，一時聚集了好幾萬人。地保報告京師負責治安的官員，官員又呈報京兆尹。四面八方的人都聚攏來，眞是萬人空巷。從早晨比賽到中午，所有車輛、轎子、儀仗等等各種器具，西城的一家都失敗了。老闆臉上顯得很慚愧，於是在南面角上搭一座高臺。一個長鬍子的老人，手裡拿著鈴子走過來，後面有幾個人簇擁著他。那老人鬚髯飄拂，意氣揚揚，捋一捋袖子，點一點頭，走上臺去，唱了一曲〈白馬歌〉⑤。他仗著自己本領高強，左顧右盼，旁若無人。因爲聽的人同聲喝采，他越發得意起來，自以爲當世第一，絕對不會有人能勝過他了。

過了一會兒，東城凶肆的老闆在北面角上也搭一座高臺。有個戴黑色頭巾的少年，手裡拿一柄羽毛扇子，被五、六個人簇擁著過來，這便是那個落魄的公子。他整一整衣冠，慢慢地走上臺去，一開口便露出一種淒涼悲傷的神氣，唱了一曲〈薤露歌〉⑥。歌聲清脆激昂，連臺邊的樹木都受到了震動。歌還沒有唱

⑤ 白馬歌　古時祭祀的歌曲。
⑥ 薤露歌　古時送喪的歌曲。

完，聽的人已經在嘆息流淚了。

西城凶肆的老闆被大眾所嘲笑，越發覺得慚愧，暗暗地把所輸的錢留下，立刻溜掉了。四邊看的人都很詫異，不知道這唱歌的少年是從哪裡來的。

起先，皇帝曾經下詔書，命各州郡的刺史太守每年要到京城裡來一次，名為「入計」。那時公子的父親剛巧在京裡，也和幾個同僚換了便服，偷偷地前往參觀。跟去的一個老僕，便是公子乳母的丈夫。他見那唱歌人的舉止聲音，分明是自己的小主人。要想上去相認，可是又不敢冒昧，不覺流下淚來。公子的父親看見了，覺得奇怪，向他盤問。老僕道：「那唱歌人的面貌，極像老爺失蹤的公子。」可是公子的父親道：「我的兒子因為行李中多帶了銀子，早已被強盜害死，他哪裡會在此地。」說完，也流下淚來。

回去以後，老僕畢竟丟不開，找一個機會，跑到凶肆裡問眾夥計道：「剛才唱歌的是誰？怎麼唱得這樣好？」夥計們告訴他唱歌人的姓氏。再問名字，卻已經改過了。老僕甚為詫異，慢慢地走近公子身邊，仔細觀察。公子一見老僕，臉上頓時變色，立即轉身，想躲到人群裡去。老僕扯住他的袖子道：「你不是我家公子嗎？」於是兩人拉著手哭起來。老僕便把他帶了回去。

到了寓所裡，公子的父親大罵道：「你的行爲如此惡劣，辱沒了我家門庭，還有什麼面目見我！」於是把他帶出門去。一路步行，走到曲江⑦的西面，杏園⑧的東面，把他衣服剝掉，拿馬鞭子打了幾百下。公子受不住痛苦，死在地上。父親把他丟在那裡，就回去了。

當公子跟隨老僕回去的時候，教他唱歌的老師不放心，派一個與他交好的夥伴，暗暗地跟著他。如今見他被打死了，急忙回去報告。眾人都爲他嘆息，派兩個人拿床草席前去埋葬。到了那裡一看，見他心口還微微有些熱氣，把他扶起來，急救了半天，漸漸有了呼吸。於是將他抬回去，用蘆柴管子插在他嘴裡，灌些湯水給他吃，過了一夜才活轉過來。

一個多月以後，他的手腳還不能動。被打傷的地方都潰爛了，骯髒得很。同伴都厭惡他，一天晚上，把他抬出去，丟在路旁。經過的人見他可憐，往往丟些

---

⑦ 曲江　池名，在長安縣東南。唐朝時，曲江是長安著名的風景區，遊人很多。

⑧ 杏園　曲江池邊名勝之一。

殘羹冷飯給他吃，因此未曾餓死。

這樣過了一百多天，他才能扶了杖站起來。身上穿一件破袍子，打了百把個結，拖一爿，掛一片，破爛得不成樣子。手裡拿一只破碗，沿門乞食。從秋天到冬天，每天晚上住在很髒的地洞裡，白天便在鬧市中東跑西奔，向人求乞。

有一天，下了大雪，公子飢寒交迫，無可奈何，只得冒著風雪走出來。他乞食的聲音，甚為淒慘。聽到的人，個個都替他悲傷。這時候雪下得很大，人家大門都關著。他走到安邑裡的東門口，靠著圍牆向北轉彎，走過了七、八家門面，只有一家開著左邊的一扇門，這原來就是李娃的家。可是公子並不知道，他連聲喊叫道：「凍死啦！餓死啦！」聲音慘不忍聞。

李娃在樓上聽到這聲音，對丫頭說道：「這一定是公子，我聽得出他的聲音。」於是急急忙忙奔出去，只見公子骨瘦如柴，滿身疥瘡，簡直不像個人的樣子。李娃的心被他感動了，問道：「你不是某公子嗎？」

公子一見李娃，滿腔悲憤，嘴裡說不出話來，只能點一點頭罷了。李娃撲上前去，抱住了公子的頸項，脫一件繡花衣裳，裹在他的身上，把他帶到西廂房裡，放聲痛哭道：「害你今天弄到這般田地，這全是我的罪過。」一時哭得死去活來。

假母聽到哭聲，吃了一驚，奔過來問道：「你爲什麼啼哭？」李娃道：「爲了公子。」假母忙道：「應當驅逐他出去，怎麼把他帶到這裡來？」

李娃把臉一沉，瞪著眼道：「你這話不對！公子本是良家子弟，當初坐著很漂亮的馬車，帶了許多金銀綢絹，來到我家，不過一年，花得精光。我們又使用陰謀詭計，將他丟開，把他驅逐出去，這簡直不像人做出來的事情。我們害得他墮落，連家裡的人也瞧不起他。父子之情，出於天性。如今弄得他父親也不認他做兒子，甚至於把他打死了，丟在荒地裡，飢寒交迫，苦到這種樣子。天下的人，都知道是我李娃害他的。公子的親戚故舊，都在朝廷上做大官。一旦有人知道了這件事的始末根由，追究起來，只怕我們就要大禍臨頭。況且我們做了這種傷天害理的事，便是鬼神也不會容許我們。我們不要自作孽，無端弄些禍殃出來。我做媽媽的女兒，已經有二十年了。據我算來，我替你賺的金子，差不多有一千兩吧。媽媽今年已經六十多歲了，我願意再拿出二十年的衣食費用，一起交給你，贖出我的身子。我與公子另外找一所房子居住，離開這裡不遠，早晚可以前來問安。只要能夠這樣，我就心滿意足了。」

假母知道她已經下了決心，無法挽回，只得應允了她。李娃把贖身的錢交給假母，還剩下一百多兩金子，就在北面第五家租一所空房子，住了下來。於是叫公子沐浴更衣，先給他吃些湯粥，使得腸胃和順，再給他吃些奶酪，使得臟腑滋潤，過了十多天之後，才讓他吃山珍海味。至於帽子、鞋子、襪子等等，都挑那上等的買來，給他穿著。調養了幾個月，肌肉漸漸豐滿起來。一年以後，完全恢復到從前的樣子。

再過了一段時間，李娃對公子說道：「你的身體已經健康，精神也已經振作起來了。你應當靜靜地想一想，從前所做的功課，如今還能記得嗎？」公子道：「只記得十分之二三罷了。」

李娃坐了輛車出去，公子騎著馬跟在後面。到了旗亭南偏門一家書店裡，叫公子挑選了許多應用的書籍，花了一百兩銀子，全部買下來。帶回家中，叫公子把一切心事都丟開，專心讀書。公子沒日沒夜，拚命地用功。李娃常常坐在旁邊陪伴他，總要讀到半夜裡才睡。每逢公子讀得疲倦的時候，便叫他吟詩作賦，調劑精神。這樣經過了兩年，公子的學業大有進步。各種書籍，沒有一本沒看過。於是他向李娃說道：「我可以出去應試了。」李娃道：「且慢！還不到時候哩！

需要等你十分精通之後，才能百戰百勝。」

再過了一年，李娃道：「如今可以了。」於是公子出去應試，就在這一科考中了進士，文名極盛。便是老前輩讀了他的文章，也沒有一個不佩服他的。大家爭著與他交朋友，還只怕他不答應。

李娃道：「你還不能自滿。如今一般秀才，只要考中了進士，便自以爲可在朝廷上做高官，揚名天下。至於你呢，因爲過去的行爲有了汙點，便與別人家不同。你應當格外琢磨研究，希望再高中一次，才能夠出人頭地。」

公子從此更加用功讀書，聲價一天天高起來。這年逢到會試，朝廷召集各處有學問的讀書人來京應考。公子參加了「直言極諫科」⑨，考中第一名。分發出去，做成都府參軍。於是朝廷上眾位大臣，自三公以下，沒一個不和他交朋友的。

將要上任的時候，李娃對公子說道：「你已經恢復了本來面目，可見我並不

---

⑨ 唐朝高等考試是分科的，「直言極諫科」便是其中的一種。

是一個負心人。如今我願意回去侍奉假母，消磨我殘餘的歲月。你應當娶一個名門淑女，管理家務。婚姻大事，必須門當戶對，不要讓我玷辱了你的門第。希望你自己珍重，我從此和你分別了。」

公子聽到這話，哭起來道：「假如你拋棄了我，我一定自殺。」李娃還是堅決推辭，不肯跟他前去。公子再三懇求。李娃道：「我送你過江去。到了劍門⑩，你定要放我回來。」公子只得答應了她。

路上走了一個多月，到達劍門。公子尚未動身，忽然接到官報，他父親由常州奉召進京，放了成都府尹，兼劍南道⑪採訪使。過了十多天，父親到了，公子往驛站裡去投帖拜見。他父親不敢認作自己的兒子，後來在履歷上看見他祖父、父親的官銜和名字，才大吃一驚。將他喚上堂來，撫摩著他的背脊，痛哭了半天，對他說道：「從今以後，我和你恢復父子的關係。」

⑩ 劍門　唐朝的縣名，在今四川省劍閣縣東北。

⑪ 劍南道　今四川省境內劍閣以南，長江以北，及甘肅省嶓塚山以南，雲南省東北邊境等地，治成都。

父親問他經過的情形，公子從頭至尾講了一遍。父親覺得很驚奇，問李娃現在哪裡。公子道：「她送我到此地，我就要打發她回去了。」父親道：「這怎麼可以！」第二天，父親吩咐準備車輛，和公子先往成都，把李娃留在劍門，另外借一所房子給她住。過了一天，打發媒人去說親，預備好了聘禮，把她正式娶過來。

李娃和公子成親之後，每逢過年過節，一切做新婦的禮節，甚爲周到，管理家務，井井有條，所以公婆都很寵愛她。幾年之後，公子的父母都死了，夫婦倆極盡孝道，築了兩間草屋，住在墳上守孝。草屋邊忽然生出一朵靈芝來，田裡有一株稻生了三個穗。劍南道的官員寫了奏章，把這種種祥瑞奏明皇帝，而且還有幾隻白燕子在他家屋瓦上做巢。皇帝知道了，也覺得很詫異，便重重地嘉獎了一番。孝服滿後，公子接連做了幾任顯赫的官職。十年之中，做過好幾個州的刺史。李娃被封爲汧國夫人。有四個兒子，都做大官，職位最低的也做到太原府府尹，弟兄們都和名門大族結親，家道興隆，沒有一家能比得上他們。

唉！一個娼妓人家的女子，能有這樣的志氣行爲，便是古時候的烈女也不過如此罷了，這怎能叫人不感嘆欽佩呢！我的伯祖父曾經做過晉州⑫刺史，又內調戶部，並且做過水陸運使，接連三次都與公子做前後任，因此對於這個故事，知道得十分詳細。貞元⑬年間，我和隴西⑭李公佐⑮談及品格高尚的婦女，我便講出汧國夫人的事情來。公佐聽了，拍手讚嘆，勸我替她寫一篇傳。所以我握筆磨墨，把她的故事詳細寫出來。乙亥年秋八月，太原白行簡作。

這一篇傳奇是唐朝人白行簡所著，收入《太平廣記》卷四八四。白行簡，字知退，下邽人，是大詩人白居易的兄弟，貞元末年中了進士，元和（唐憲宗李純年號）年間，做過主客郎中，死於寶曆（唐敬宗李湛年號）二年（西元八二六

---

⑫晉州　唐朝的晉州，治白馬城，即今山西省臨汾縣。

⑬貞元　唐德宗（李適）年號，當西元七八五年至八〇四年。

⑭隴西　郡名，今甘肅省東南部地方。

⑮李公佐　字顓蒙，隴西人，貞元、元和間進士，做過鐘陵從事，著有《南柯太守傳》、《謝小娥傳》、《古岳續經》、《廬江馮媼傳》等傳奇。

年）。他所寫的傳奇，除了這一篇外，還有一篇〈三夢記〉。

這一篇所記的，大概是眞人眞事。據宋人劉克莊《後村詩說》云：「鄭畋名相，父亞名卿，好事者作〈李娃傳〉。」但是清人俞正燮《癸巳存稿》云：「稽之《唐書》宰相世系表，鄭氏滎陽房中，無有合者。」按這篇傳奇的末了，寫明是貞元乙亥年撰。乙亥是貞元十一年（西元七九五年），而鄭亞卻在元和年間才中進士。他的輩分年齡，都比白行簡小。白行簡寫這篇傳奇時，鄭亞尚未做官，更莫說他的兒子鄭畋了。鄭畋做官是在懿宗、僖宗時代，那時白行簡早已去世，怎能知道鄭家的故事。照此看來，滎陽公父子應當另有其人，與鄭亞、鄭畋無涉。

元稹《長慶集》中〈酬翰林白學士代書一百韻〉的「光陰聽話移」一句下，自注云：「嘗於新昌宅說『一枝花』話，自寅至巳，猶未畢詞。」明人梅鼎祚《青泥蓮花記》中〈李娃傳〉一條注云：「娃舊名『一枝花』。」元稹與白行簡是同時人，可見當時這故事流傳得非常廣泛，連那說話人（便是現在的評彈藝人）也把它作爲說唱的資料。後來元人石君寶的《李亞仙花酒曲江池》雜劇，明人薛近袞的《繡襦記》傳奇，都是根據這個故事編成的。

這篇傳奇中的男女兩主角，都富有堅強的意志和奮鬥的精神，所以終於衝破了封建社會階級、門第的限制，成爲夫婦。故事哀感頑豔，博得了很多人的同情，在唐人小說中，這是很傑出的一篇。

唐晅手記

唐晅是晉昌①人，他的姑母嫁給張恭。張恭便是安定②張軌③的子孫，隱居在滑州④衛南縣⑤，人家都很敬重他。他有三個兒子，都考中進士。又有三個女兒，大女兒嫁給辛家，二女兒嫁給梁家，小女兒是姑母最寵愛的，讓她讀詩學禮，有很好的修養。開元⑥年間，她的父親去世，她哀慟異常。唐晅很愛慕她，

---

① 晉昌　唐縣名，在今甘肅省安西縣東。

② 安定　郡名，即今甘肅省固源縣。

③ 張軌　晉烏氏人，字士彥。晉惠帝（司馬衷）永寧初，任涼州刺史，後拜太尉涼州牧西平公。為前涼開國的始祖。

④ 滑州　今河南省滑縣。

⑤ 衛南縣　在今河南省滑縣東六十里。

⑥ 開元　唐玄宗（李隆基）年號，當西元七一三年至七四一年。

服喪期滿之後，就娶了她，把她留在衛南莊上。

開元十八年，唐晅有事往洛陽，幾個月不能回家。一天晚上，住在旅店裡，夢見他妻子隔著花在啼哭，一會兒又看著井中在發笑，醒過來之後，心裡很不舒服。第二天，去問解夢的人。那人道：「隔花啼哭，這是表示她的容顏隨風凋謝；看著井中發笑，這是表示她喜歡黃泉路。」過了幾天，果然得到了凶信，唐晅非常悲慟。

幾年之後，唐晅才得回轉衛南，對著他妻子過去的殘脂剩粉，心裡十分感傷，便作詩道：

寢室悲長簟，妝樓泣鏡臺。
獨悲桃李節，不共夜泉開。
魂兮若有感，彷彿夢中來。⑦

⑦ 這首詩的大意如下：「見了臥室裡的席子，便感到悲哀。見了妝臺上的鏡子，眼淚便流下來。傷心那桃李花開的時節，不能在黃泉下競放齊開，你的魂魄倘若有靈，或許會在睡夢中回來。」

又有一首道：

常時華堂靜，笑語度更籌。
恍惚人事改，冥寞委荒丘。
陽原歌薤露，陰壑悼藏舟。
清夜妝臺月，空想畫眉愁。⑧

這天晚上，風清露白，唐晅心裡老是丟不開，所以再也睡不著。更深夜靜，還在很悲切地念那兩首悼亡詩，忽然聽得黑暗中好像有哭泣的聲音，開始很遠，漸漸地近起來。唐晅又是驚奇，又是淒慘，覺得有些詫異，便祝告道：「倘若是十娘子的陰靈，爲什麼不肯和我見一面，敘一敘舊情？千萬不要因爲陰陽間

---

⑧這首詩的大意如下：「記得在臥室寂靜的時候，我們有說有笑地度過那長夜。一霎時人事變遷了，把你寂寞地拋棄在荒野。一個在野地裡唱著挽歌，一個埋葬在山谷中間。今晚對著那妝臺上的月色，想起了畫眉人空自傷悲（漢朝張敞曾經替他妻子畫眉，所以畫眉便是指妻子）。」

隔，便阻礙了我們從前的愛情。」

不多一會兒，聽得有人說道：「我就是張氏，因爲聽得你悲悲切切地在吟詩懷念我，我雖在陰間，心裡也很悲傷，感激你的一片誠意，並不因爲我死了而就丟開，時常在掛念我，所以今天晚上來與你敘談。」

唐晅驚奇嘆息，嗚嗚咽咽地流著眼淚道：「我心裡的許多事情，一下子也講不完。只要能夠見一見面，我就是死也沒有什麼遺憾了。」

對方答道：「陰陽路隔，要相見是很難的。只怕你對我懷疑，我並非不想痛痛快快地跟你談一談。」

唐晅的話說得越發懇切，對天立誓，表示絕無懷疑的心思。一會兒聽得喚羅敷拿鏡子來，又聽得暗中窸窸窣窣，有人行走的聲音。羅敷先走出來，上前拜見道：「主母要敘一敘舊情，正在盼望與七郎相見。」唐晅問羅敷道：「我在開元八年，把你抵押在仙州⑨康家，聽說你已經死了，如今怎麼又在這裡？」答道：

⑨ 唐朝沒有「仙州」，歷朝也沒有這地名，恐有錯誤，待考。

「我被主母贖回來，派我照管阿美。」阿美便是唐晅死掉的女兒。唐晅聽了，心裡又是一陣淒慘。

不多一會兒，吩咐點起燈燭，只見他妻子一個人站在東階的北面。唐晅搶步上前，一邊哭，一邊行禮。他妻子也還禮。唐晅握著她的手，談了許多過去的事。他妻子也流下淚來，對唐晅說道：「陰陽路隔，與你分別好久了。雖然在陰間一切都是空空洞洞的，唯獨想念你的心思，從來沒有丟開。今天逢到六合⑩的日子，陰司的官吏被你誠懇的情意所感動，放我暫且回來。我們相隔千里，如今能遇見一次，眞是悲喜交集。況且美娘年紀小，在陰間沒有人可以託付。今晚不知是什麼好日子，居然能與你再敘談一下。」

於是唐晅吩咐家裡人一個個來拜見問好，然後把燈燭搬到房裡，掛上帳幔，可是唐晅不肯先坐下。他妻子便說道：「陰間與陽間有尊卑之分。活人應當

⑩ 六合　這是陰陽家的話，據說子與丑合，寅與亥合，卯與戌合，辰與酉合，巳與申合，午與未合，稱為「六合」。

比死人尊貴，你可以先坐下來。」唐晅便依著她的話，坐了下來。

她笑著對唐晅說道：「雖然你對我的愛情一輩子不會改變，但是聽說你已經續娶了。新人、舊人，可有什麼分別嗎？」

唐晅聽了，又是悲傷，又是慚愧。他妻子說道：「論理，你是應當續娶的。你的新夫人在淮南⑪，我知道她的性情也是很和善的。」

唐晅問她道：「可要吃什麼東西？」答道：「陰間各種山珍海味，無一不有，只是沒有粥吃。」唐晅立刻叫人預備粥，拿到房裡。她另外要一只碗，把粥盛在碗裡吃起來，一到嘴邊，似乎已經吃光了。等到把碗收下，粥還是在碗裡。

唐晅請她跟來的人吃飯，有一個老婆子不肯和大家同坐。唐晅的妻子道：「她仗著自己是老傭人，和一般丫頭僕婦不同。」又對唐晅說道：「這是紫菊媽媽，難道你不認識她嗎？」唐晅聽說，才記起來了。便另外擺一桌菜，請她吃

---

⑪ 唐朝的政治區域有「淮南道」，包括今湖北省境內，長江以北漢水以東的地方；與江蘇、安徽兩省境內，長江以北淮河以南的地方。

飯。其餘跟隨的人，唐晅都不認識，聽得妻子叫她們的名字，原來便是唐晅從京裡回來時用紙頭剪了許多僕婦丫頭，替她們各人所起的名字。問他的妻子，妻子道：「這些人都是你給我的。」才知道陽間所焚化的錢帛奴婢，陰間沒有一樣不收到的。

唐晅的妻子說道：「從前我喜歡玩的一只金銀雕花盒子，藏在客堂西北柱子的頂上，一向沒有人知道。」唐晅果然把盒子找了出來。她又問道：「你可要見美娘嗎？她如今已經長成了。」唐晅道：「美娘死的時候還在襁褓中，難道地下也會增加年齡嗎？」答道：「這和陽間沒有什麼兩樣。」不多一會兒，美娘來了，看樣子大約五、六歲。唐晅伸手撫摸她，流下淚來。他妻子道：「你不要抱她，免得驚嚇了孩子。」羅敷抱了退下去，忽然不見了。

唐晅叫她把床上的帳子放下來，和她歡敘，一切都和從前一樣，只是手腳和嘴裡的呼吸，冷而不暖罷了。又問她：「陰間住在何處？」答道：「在翁姑的身邊。」唐晅道：「娘子既然這樣的通靈，爲什麼不活轉來？」答道：「人死之後，魂與魄便分開，各有收管，與身體不發生關係了。你只要看做夢的人，哪裡還記得他的身體。我死之後，一切死時候的事情，都不記得了。錢財、奴僕，你給了我，我才知道。至於自己的軀殼，我實在已經不去管它了。」

後來歡敘到深更半夜，唐晅道：「我和你一同葬在墳墓裡的日子，大概已經不遠了吧。」他妻子道：「我聽說夫妻倆葬在一處，只是軀殼在一起罷了，其實精神上彼此都不能見面。你何必說這個話呢？」

唐晅道：「女人死到陰間，也有再嫁的嗎？」答道：「死後與生前情況相同。女人的貞節與不貞節，卻各各不同。我死之後，父母不許我守節，要把我嫁給北庭都護⑫鄭乾觀的姪兒鄭明遠。我立誓守節，堅貞不屈。上下都哀憐我，我才得免受逼迫，未曾改嫁。」

唐晅聽了，心裡非常感動，便贈她一首詩道：

嶧陽桐半死，延津劍一沉。

⑫北庭都護 唐朝的官名，武后時，在西域置北庭都護府，在今新疆維吾爾自治區的孚遠縣。

如何宿昔內，空負百年心。⑬

他妻子道：「今天才得見你的眞情。我想要留一首詩答謝你，不知可不可以？」唐晅道：「向來不見你研究文學，怎能作詩？」他妻子道：「詩文是我向來所歡喜的，恐怕你懷疑，所以不敢作。詩本來是表達自己思想的東西。今晚我還有什麼顧忌呢？」她就在帶子上撕一塊綢子，題詩道：

不分殊幽顯，那堪異古今。
陰陽途自隔，聚散兩難心。⑭

---

⑬ 這首詩的大意如下：「嶧陽的桐樹枯了一半（嶧陽，山名，在今江蘇省邳縣，產桐樹，可以製琴，桐樹枯了一半，是比喻兩夫妻死了一個）。延津的寶劍沉了一口（晉朝雷煥在豐城獄中得寶劍兩口。後來他的兒子雷華帶了一口劍經過延津，寶劍忽然自己跳入水中。這也是比喻兩夫妻死了一個）。怎麼在過去的時候，空有那永遠不忘記你的意思在心頭。」

⑭ 這首詩的大意如下：「想不到我倆會分開在幽暗與顯明。最難堪是昔日今朝有不同的情形。陰陽兩

又題一首道：

蘭階兔月斜，銀燭半含花。
自憐長夜客，泉路以為家。⑮

唐晅含著眼淚與她談話，正在又悲又喜的時候，不知不覺已經天亮了。一會兒聽得敲門的聲音，說道是翁姑派丹參⑯前來傳話，催媳婦快些回去，恐怕天亮了要受陰司的責罰。他妻子流著眼淚，站起來與唐晅訣別。唐晅寫一封信，託她帶給父母。她整理衣裳的時候，唐晅聞得一股很濃鬱的香氣，與世間尋

途原來是有阻隔的，聚會與離別是一樣的傷心。」

⑮ 這首詩的大意如下：「月色斜斜地照上蘭階，蠟燭火上半開了燈花。可憐我這長夜作客的人，黃泉路上便是我的家。」

⑯ 丹參　大約也是個奴婢的名字。

常的香氣不同。唐晅問：「這神香是哪裡來的？」答道：「這是韓壽的餘香⑰，我來的時候翁姑賜給我的。」

唐晅握了她的手問道：「什麼時候能再相見？」答道：「再隔四十年。」她把一方綢帕子留給唐晅作紀念，唐晅答她一只黃金嵌寶的盒子，她便說道：「前途限定時刻，難以久留，不到四十年後，和你沒有相見的日子了。至於到墳墓上祭奠我，那是毫無益處的。你假使一定要請我吃飯，只要在每月月底，到野田中或河邊祭奠我，呼喚我的名字，我便完全可以得到的。匆匆不能久談，希望你自己保重身子吧！」說完，上車去了。還拿著手巾向唐晅招展，過了很久才看不見。這是全家人都見到的，唐晅親手記錄。

這篇傳奇原本是單行的，後來收入陳劭所著《通幽記》，又收入《太平廣記》卷三三二，改題〈唐晅〉。

⑰ 韓壽，晉諸陽人，美豐儀，與賈充的女兒賈午私通。賈午偷了家中所藏的奇香，贈與韓壽。

小說記鬼魂與生人接觸事，最早是《錄異傳》所載吳王夫差女紫玉與韓重，即世俗所傳弄玉簫史事。六朝志怪書中，這一類有好幾篇，不過寫得都很簡單質樸。到了唐朝人的筆下，便細膩生動，情致纏綿，鬼魂簡直和生人一般無二了。這一篇和李景亮的《李章武傳》，可算是這一類小說的代表作。清朝人蒲松齡所著《聊齋志異》，多記女鬼與生人配合事，大約便是受了他們的影響。

薛偉

薛偉在乾元元年[1]任職蜀州青城縣[2]主簿[3]，與縣丞[4]鄒滂、縣尉[5]雷濟、裴寮同時。那一年秋天，薛偉病了七天，忽然氣息奄奄，似乎已經死了，連連呼喚他也不答應，可是心口還微微有些暖氣。家人不忍就此將他棺殮，都圍繞在他的身邊。

經過了二十天，他忽然長嘆一聲，坐了起來，對家人說道：「我不知道世間

---

① 乾元是唐肅宗（李亨）的年號。乾元元年即西元七五八年。

② 青城縣　在今四川省灌縣西四十里。

③ 主簿　古官名，各郡縣均有此官，主管簿書。

④ 縣丞　古官名，各縣均有此官，地位在縣令之下，幫助縣令處理縣政。

⑤ 縣尉　古官名，各縣均有此官，專管捉拿盜賊。

已經過了幾天了。」

答道：「二十天了。」

「替我去看一看，一班同僚的官吏們，可是正在吃魚羹嗎？告訴他們，我已經醒過來了。有一件很奇怪的事，請諸位暫且放下筷子，前來聽我講話。」

當差的走出去一看，一班官吏果然將要吃魚羹，便把薛偉的話告訴他們。大家就停止吃飯，一同前來。

薛偉問道：「諸公可曾吩咐司戶⑥的僕人張弼去買魚嗎？」大家道：「是的。」

又問張弼道：「漁人趙幹把大的鯉魚藏起來，拿小魚交差。你在蘆葦中搜出了所藏的大魚，帶了回來。剛走進縣衙門，見司戶吏坐在大門的東面，糺曹⑦吏坐在大門的西面，兩人正在下棋。你走到階前，見鄒滂、雷濟正在賭博，裴寮卻在吃桃子。你向他報告：『趙幹把大魚藏了起來。』裴寮吩咐用鞭子打趙幹。後

---

⑥ 司戶　古官名，各縣均有此官，專管戶籍。

⑦ 糺曹　即糾曹，古官名，各縣均有此官，專管督察。

來把魚交給廚子王士良，王士良很歡喜地把魚殺了。對不對？」

一個個問過來，果然如此。大家便問道：「你怎麼知道的？」

薛偉道：「剛才殺死的鯉魚，就是我呀！」大家嚇了一跳道：「我們希望你講個明白。」

薛偉道：「我剛生病的時候，全身發熱，簡直有些受不了。忽然一陣昏迷，忘記了自己在生病，因為怕熱，希望涼快一下，拄著拐杖走出去，並不知道是在做夢。走到城外，心裡很高興，好像鳥獸逃出了籠子，沒有人知道我在哪裡了。一步步走進山中，在山裡行走，覺得越發昏悶，便走到江邊去遊玩。看見江中的水，又深又清。四圍秋色，十分可愛。水面上輕波不動，好像一面鏡子一般。我忽然想洗澡，便把衣裳脫在岸上，跳入江中。我從小學過游泳，長大之後，卻從未一試。如今遇見了水，覺得稱心適意，實在符合我向來的願望。我便說道：『人在水裡游泳，終不及魚的快樂。我怎樣才能暫時做一條魚，爽爽快快地游泳一下呢？』」

「旁邊有一條魚說道：『只怕你自己不願意罷了。你要正式做魚，也很容易，何況暫時做一下呢。我願意替你想個辦法。』說罷，很快地去了。」

「不多一會兒，有個魚頭人身的人，身高數尺，騎一條鯨魚，在前邊引導，後面跟著幾十條魚。他宣讀河伯⑧的詔書道：『居住在城裡的人，和游泳在水裡的人，或沉或浮，情況原自不同。倘若不喜歡游泳，就不會明白游泳的興趣了。薛主簿愛好游泳，想盤桓在悠閒空曠的境界，歡喜煙波浩渺的所在，把胸懷寄託在江河之上，厭惡那陰險的人情，謝絕這虛幻的塵世。不過暫時化作魚類，並非永久變作魚身，可以暫且做一條東潭中紅色的鯉魚。唉！仗著能興波作浪而掀翻了河中的船隻，冥冥中是要處罰的。不明白釣魚鉤子的可怕而貪圖鉤上的食物，顯然是要遭到傷害的。你千萬不要犧牲了自己的身體，使得同類也受到羞辱。你要小心！』」

「聽完之後，一看自己，已經穿上了一身魚類的服裝，於是毫無拘束地在水中游泳起來。心裡想到哪裡，就游到哪裡。無論在波浪上，在水底裡，沒有一處不能自自在在地游泳。三江五湖，差不多都給我游遍了。但是因為把我支配在東

⑧ 河伯　水神。

潭，所以每晚一定要回來。」

「後來肚子裡餓極了，一點吃的東西都找不到，沿著一艘船游過去，見趙幹正在釣魚。鉤上的食物，香味撲鼻。心裡也未嘗不知道警戒，可是我的嘴不知不覺地接近了那食物。我自己想道：『我乃是人類，不過暫時做一條魚，難道不能找吃的東西，卻去吞他的鉤子嗎？』便把那食物丟開，游往別處去。」

「過了一會兒，餓得越發厲害了，便想道：『我是官吏，偶爾遊戲，穿上魚服。即使吞了釣鉤，趙幹怎敢殺我。他只能把我送回縣衙門去罷了。』這樣一想，便把鉤上的食物吞下。趙幹將釣竿上的繩子收回，把我提出水面。」

「趙幹的手將要接觸到我身上的時候，我連連叫他。他不答應，拿繩子穿了我的頰腮，掛在蘆葦裡。一會兒張弼跑來說道：『裴少府⑨要買魚，需要大的。』趙幹道：『沒有釣到大魚，只有小魚十幾斤。』張弼道：『我奉命買大魚，小的有什麼用？』便親自在蘆葦中找尋，把我尋了出來，提在手中。我又對

⑨少府　對縣尉的尊稱。

張弼說道：『我是縣主簿，變成一條魚，在江中游泳。你見了我，為何不拜？』張弼好像沒有聽見，把我提了就走。我罵個不停，張弼也毫不理會。」

「進了縣衙門，見兩個縣吏坐著下棋。我大聲呼喚，他們都不睬，只是笑道：『眞可怕！這條魚簡直有三、四斤重吧！』後來走上階石，見鄒、雷二君正在賭博，裴君在吃桃子。他們見魚大，都很歡喜，吩咐趕快交與廚房裡。張弼說：『趙幹把大魚收藏起來，拿小魚出來交差。』裴君發怒，吩咐用鞭子抽他。我向諸公叫道：『我是你們的同僚，如今快要被殺死了。你們非但不肯放我，反而催促廚子殺我，這難道是仁人君子的心腸嗎？』三君不顧，把我交與專門做魚羹的廚子。」

「廚子王士良，正在磨刀，很高興地把我放在桌子上，要將我殺死。我又叫他道：『王士良！你是專門替我做魚羹的廚子，為什麼殺我？何不帶我去向各位官長說明一下。』王士良好像沒有聽見，把我的頭頸按在砧板上，將我殺死。我的頭剛落下，這裡便醒過來了，所以我特地請諸公前來。」

眾官吏聽了，都大驚失色，心裡覺得很不忍。但是趙幹的釣魚，張弼的提魚，縣署門口下棋的兩個縣吏，階前的三位官長，以及王士良將要殺魚的時候，他們都只是看見魚的嘴在動，實在聽不到什麼聲音。於是三君吩咐把魚羹丟掉，以後一輩子不再吃魚了。

薛偉的病，從此痊癒，後來做到華陽縣⑩縣丞才死。

這一篇傳奇，原出李復言所著《續玄怪錄》，收入《太平廣記》卷四七一。明朝人陸楫所編《古今說海》，也收有此篇，改題〈魚服記〉。

李復言是唐朝會昌、大中年間隴西人，生平事蹟無可考。他所著的《續玄怪錄》五卷（或云十卷），是繼續牛僧孺的《玄怪錄》而作，也是記神仙怪異的事。

動物變人，小說傳奇中甚多，同時也有寫人變動物的。《續玄怪錄》中除此篇外，還有一篇〈張逢〉，描寫人化為虎，也是屬於這一類。此篇與《廣異記》中〈張縱〉一條，大略相同，而〈張逢〉一篇則與《宣室志》中〈李征〉一

---

⑩ 華陽縣　今四川省成都市。

條又有些相像。大約當時本有此傳說，各自筆述，所以事同而文異，不一定是誰抄襲誰的。後來明朝人馮夢龍所編話本總集《醒世恆言．卷二六．薛錄事魚服證仙》，便是取材於這篇傳奇。

這故事有勸人戒殺的意思，多少是受了佛家因果說、輪迴說的影響。中唐以後的小說傳奇，常有夾雜因果報應的說法。到了宋人筆記中，此風便大盛了。

趙幹爲什麼要把大魚藏起來，不肯賣給官吏？這是很容易明白的。大約官吏買魚，一向不給錢，或是給得很少，漁民敢怒而不敢言，所以只能拿些小魚來敷衍搪塞。裴寮搶了趙幹的大魚，還要將他責打，官吏的橫行不法，魚肉良民，在這小小故事中，已經可見一斑了。

紅線

潞州節度使①薛嵩②家中有個婢女，名叫紅線，善彈月琴，而且博通經史。薛嵩叫她專管文書奏章，稱爲「內記室」③。

有一天，軍營中正在大宴，紅線對薛嵩道：「那羯鼓④的聲音很悲切，打鼓的人一定遭到什麼不幸的事情了。」薛嵩向來懂得音律，說道：「你的話不錯。」便把鼓手喚來詢問。鼓手道：「我的妻子昨天晚上死了，我不敢請假。」

---

① 潞州節度使，治潞州，即今山西省長治縣。

② 薛嵩　薛仁貴的孫子，龍門人，曾經做過相、衛、洛、邢等州節度使。唐代宗（李豫）時，官至尚書右僕射，封平陽郡王。

③ 內記室　便是「私人祕書」的意思。

④ 羯鼓　鼓的一種，形如漆桶，兩頭可打，因為是羯族所倡製的，所以稱為「羯鼓」。

薛嵩立刻讓他回去。

那時正在至德⑤以後，黃河南北還沒有安定。朝廷把滏陽⑥作爲節度使駐防的地方，叫薛嵩嚴密鎮守，控制山東⑦。因爲大亂之後，各軍區都是匆匆成立的。朝廷命薛嵩把女兒嫁給魏博節度使⑧田承嗣⑨的兒子，又命薛嵩的兒子娶了滑州節度使⑩令狐彰⑪的女兒。三個節度使彼此做了親家，每隔十天半月，便有差官往來問候。

魏博節度使田承嗣常發肺氣，每逢天氣炎熱，病就加重了。他時常說道：

---

⑤至德　唐肅宗（李亨）的年號，當西元七五六年至七五七年。
⑥滏陽　又作釜陽，今河北省磁縣。
⑦山東　這裡的「山東」是指太行山以東各地。
⑧魏博節度使，治魏城，即鄴，在今河北省臨漳縣西南。
⑨田承嗣　盧龍人，本是安祿山手下的大將，後來投降郭子儀，做過貝、博、滄、瀛等州節度使，加同中書門下平章事，封雁門郡王。
⑩滑州節度使，治滑州，也稱白馬城，今河南省滑縣。
⑪令狐彰　字伯陽，富平人，肅宗時做過滑、亳節度使，加御史大夫，封霍國公。

「我倘若能調到山東去做節度使，住在那涼快的氣候中，一定可以多活幾年。」於是他在軍隊中挑選武藝高強的兵士三千人，稱爲「外宅男」⑫，待遇特別優厚。每天晚上，總要叫三百個「外宅男」在自己宅子裡値班保護。他要選擇一個好日子，出兵併呑潞州。

薛嵩聽到了這個消息，日夜愁悶，老是一個人自言自語，毫無辦法。一天晚上，將要起更的時候，轅門早已關上了，薛嵩還是拄著拐杖在庭院裡踱來走去，只有紅線一個人跟在背後。

紅線問道：「這一個月來，我看主人寢食不安，老是在想些什麼，莫非爲了鄰境的事情嗎？」

薛嵩道：「這事關係國家的安危，不是你所能猜得到的。」

紅線道：「我雖是個地位低微的人，也能替主人家消愁解憂。」

薛嵩就把心事詳細告訴她，而且說道：「我承繼著祖父的基業，受國家的厚

⑫ 外宅男　便是「近衛軍」的意思。

恩。倘若一朝失去了防地，豈不是把我家幾百年來的功勛都丟盡了！」

紅線道：「這事很容易應付，主人不必擔心。請讓我到魏城去走一趟，看一看他們的形勢，有沒有動靜。現在一更天動身，到五更天我就可以回來覆命。請你先準備一個騎快馬的差官，寫好一封應酬的書信，其餘等我回來再說。」

薛嵩大爲吃驚道：「想不到你是個不平凡的人，我未免太糊塗了！但萬一把事情弄僵，反使禍患加速來臨，這便如何是好？」

紅線道：「我這一次去，不會不成功的。」於是她到自己的臥室裡準備行裝。頭上梳一個烏蠻髻，插一支金雀釵，身上穿一件紫色繡花的短襖，繫一條青絲腰帶，足下穿一雙輕快的鞋子，胸前掛一柄龍文短刀，額上寫了太乙神⑬的名字。向薛嵩行了兩個禮，突然不見了。

薛嵩回身進房，把房門關上，背對燭光，呆呆地坐著等候。他平常飲酒不過幾杯罷了，這天晚上一連喝了十幾杯還沒有醉。忽然聽到黎明時號角的聲音，外

⑬ 太乙神　北極神的別名。

邊似乎有一片樹葉飄然墜下，他吃驚地站起身來一問，原來是紅線回來了。

薛嵩很高興地慰勞她，問道：「事情可成功嗎？」紅線道：「我不敢辱沒你的使命。」

薛嵩又問道：「沒有殺傷人嗎？」

紅線道：「何至於此！我不過拿了他床頭的一只金盒子回來作爲憑據罷了。」

於是紅線又詳細說明經過的情形道：「我在夜半二更天就到達魏城，經過了好幾道門，才到了田承嗣的臥室前。聽得外宅男都睡在房廊下，鼻息如雷。看見中軍的兵丁們在院裡往來巡邏，互相傳呼口令。我就開了左邊的房門，走進他的臥室。」

「田親家躺在帳子裡，蜷著腳睡得很濃。頭靠在犀皮的枕頭上，髻上包著黃縐紗，枕邊露出一柄七星劍。劍的前面放著一只打開了的金盒子，盒子裡寫著他的生辰八字和北斗神⑭的名字，又把名貴的香料與精圓的珠子散蓋在上面。這個在虎帳中耀武揚威的人，他自以爲保護得很周密，坦然無慮，誰知他熟睡在臥室裡的時候，性命已經握在我的手掌之中了。我要他怎樣便怎樣，不費吹灰之力，但是我覺得不值得取他的性命。」

「那時候蠟燭光很微弱，香爐裡的餘火也快熄滅了。侍女們散立在四周，兵器陳列在兩旁。那些侍女們，有的是頭抵著屏風，低垂了肩膀在打鼾；有的是手拿著手巾和拂塵，伸直了胳膊在瞌睡。我把她們的簪子、耳環都拔下來，再把她們的衣裳上都打了個結，她們如昏如醉，誰也沒有驚醒。我就拿著金盒子回來了。」

「出了魏城西門，走了將近二百里路，看見銅雀臺⑮高高地矗立在路旁，漳水東流，晨風吹拂田野，一輪斜月還高掛在樹梢頭。我本來帶著憂憤的心情前

---

⑭ 北斗神　「北斗」本是星名，道家稱為「天罡」。據說北斗神專管人間死亡的事。

⑮ 銅雀臺　東漢獻帝（劉協）建安十五年曹操所造，在今河北省臨漳縣西南。

去，如今卻帶著愉快的心情回來，所以連那奔波的勞苦也都忘懷了。爲了感念你的知己，報答你的恩德，定要把你所委託的事情辦好，所以在三個時辰中間，走了七百里路，闖進了戒備森嚴的區域，經過了五、六座城池。我只希望替主人減輕憂慮，哪裡敢說什麼勞苦呢！」

薛嵩立刻派差官往魏城，送一封書信給田承嗣。信上說道：「昨夜有一個人從魏城來，據說在元帥床上拿到一只金盒子。我不敢留下，特地送還你，請你收下。」

這差官星夜前往，直到第二天的半夜裡，才到魏城。那時田承嗣因爲失去了金盒子，正在四處搜查，人心惶惶。差官用馬鞭子敲門，請求立刻接見。田承嗣很快就出來了，差官把金盒子交給他。

田承嗣捧了金盒子，心驚膽戰，險些跌倒在地上。便留差官住在他的宅子裡，很親密地擺出酒席來款待他，還賞給他許多東西。第二天，專程派一個差官帶了綢緞三萬疋，名馬二百匹，還有許多珍貴的禮品，送給薛嵩，並且寫一封覆信道：「我的頭顱簡直掌握在你的手裡。從今以後，我決計改過自新，不再自尋煩惱，一切聽從你的指揮。我不敢仰攀親戚，只能算是你的僕人。我願意在你的車前馬後，奔走效勞。至於我所召募的外宅男，只是防備別處敵人的侵犯，絕對沒有什麼非分的企圖。如今把他們一起解散，放他們回轉家鄉去了。」

這樣一來，只在一、兩個月內，河北、河南各地的節度使紛紛派使者前來修好，誰也不敢有什麼野心了。

一天，紅線忽然向薛嵩告辭。薛嵩道：「你生在我家，如今要往哪裡去？而且我正要靠你保護，你怎好說離開我的話？」

紅線道：「我前生本是個男子，遊學四方，讀了神農氏的醫書，一心要替世人解除痛苦。那時家鄉有個孕婦，忽然肚子裡生了蟲。我用芫花⑯酒替她打蟲。不料吃下去之後，那孕婦和肚子裡的一對雙生子都死了。我一下子殺死了三個人，陰司裡處罰我，叫我這輩子投胎爲女人，而且庸庸碌碌，只能做一個很低微的婢女。我幸而生長在主人家裡，到如今十九年了，穿的都是綾羅綢緞，吃的淨是山珍海味。你對我十分寵愛，我眞是榮幸極了。況且國家中興，前途無量，凡

---

⑯ 芫花 植物名，有毒。

是逆天行事的人，一定都要消滅。上次我往魏城走一趟，原是要報答你的恩德。如今雙方保全了城池，千萬人保全了性命，使得作亂的人知道害怕，剛烈正直的人得到了和平。這在我，作爲一個女人，立的功勞也不小了，應當可以抵償我前世的罪過，讓我恢復本來的形體，依舊做個男子漢。我想要離開塵世，心無掛礙，修眞養性，長生不老。」

薛嵩道：「要是你一定不肯留在此地，我願意花費千金，替你在山中準備一個修行的地方。」

紅線道：「這是關於來世的事情，你怎能替我準備！」

薛嵩知道沒法挽留，便大排筵席，邀集許多賓客朋友，替紅線餞行。那天晚上，在大堂上宴飲，薛嵩要作一首歌向紅線勸酒，就請席上一位陪客冷朝陽代作歌詞。那歌道：

採菱歌⑰怨木蘭舟，⑱送客魂消百尺樓。⑲
還似洛妃⑳乘霧去，碧天無際水空流。㉑

唱完了歌，薛嵩心裡覺得很悲傷。紅線起身拜謝，也流下淚來。於是她假裝酒醉，離開席上，一霎時不知道到哪裡去了。

這是唐人袁郊所著《甘澤謠》中的一篇，收入《太平廣記》卷一九五（明朝

---

⑰ 採菱歌　即〈採菱曲〉，是梁武帝（蕭衍）所制「江南弄」七曲之一。

⑱ 木蘭舟　《述異記》云：「木蘭洲在潯陽江中，多木蘭樹。……七裡洲中有魯班刻木蘭為舟。舟至今在洲中。」

⑲ 百尺樓　《三國志》陳登傳，劉備對許汜說道：「……如小人欲臥百尺樓上，臥君於地。」

⑳ 洛妃　即洛神，據說是洛水中的神女。

㉑ 這歌詞的大意如下：「送別的歌聲包含著怨恨。送客的人在高樓上懷著黯淡的心情。她好比洛水裡的仙女，騰雲駕霧地去了，只剩那青天和流水，永遠地無窮無盡。」

人所輯的五朝小說，這一篇題楊巨源著，恐不可靠）。明鈔本《說郛》中也錄入這一篇，大約已經過陶宗儀修改，所以文字上與《太平廣記》稍有不同。我這一篇譯文是完全依據《太平廣記》的。

袁郊，字之儀（一說字子乾），蔡州朗山人，是彰義軍節度使袁滋的兒子，唐懿宗（李漼）時爲翰林學士，曾經做過虢州刺史。他是著名詩人溫庭筠的朋友，著有《二儀實錄》、《衣服名義圖》、《服飾變古元錄》、《甘澤謠》等書。

《甘澤謠》作於唐懿宗咸通九年（西元八六八年），專記奇聞異事，後來失傳了，幸而《太平廣記》中還保存著二十多篇。現存的一卷，便是後人從《太平廣記》中輯出來的，不是原本。

〈紅線〉是《甘澤謠》中寫得最好的一篇，便是在唐人傳奇中，也是很著名而爲人喜愛的作品。紅線這個人，雖是作者捏造出來的，其他如薛嵩、田承嗣、令狐彰等，卻都實有其人。至於藩鎮的互相仇視和併吞，以及派刺客暗殺等等，也都是當時事實，非出虛構。作者的父親曾經做過兩任節度使，他對於藩鎮跋扈驕奢的情形，知道得很清楚，所以寫來格外生動。

裴航

唐朝長慶①年間，有個秀才名叫裴航，因爲應試沒有考中，往鄂渚②遊玩，順便拜訪老朋友崔相國，相國送他銅錢二十萬。他帶了錢踏上遙遠的歸途，回轉京師。

他僱了一艘大船，經過湘江、漢水。同船有個樊夫人，生得非常美麗。雙方只有一簾之隔，彼此說話都能聽見。裴航與她雖然十分接近，可是沒有辦法跟她會一次面，來表達自己的情意，於是買通了她的婢女裊煙，送一首詩去。那詩道：

同為胡越猶懷想，況遇天仙隔錦屏。

① 長慶　唐穆宗（李恆）年號，當西元八二一年至八二四年。
② 鄂渚　地名，在今湖北省武昌市西面長江中。

倘若玉京朝會去，願隨鸞鶴入青雲。③

詩送過去，很久沒有回音。裴航幾次問裊煙。裊煙道：「主母見了詩，好像沒有看見一般，那有什麼辦法呢？」

裴航無計可施，一路上，時常買些著名的酒和時鮮的果子，送與樊夫人。夫人於是派裊煙來請裴航相見。

裴航揭開簾幕一看，只見樊夫人的容貌像美玉一般，發出晶瑩的寒光來，又像好花一般，露出鮮豔的色澤。鬢髮如雲，長眉如月。一舉一動，毫無人間煙火氣。這分明是神仙中人，哪裡肯與世俗人結交。

裴航連連作揖，呆了好一會兒。夫人道：「我丈夫在漢南④，將要辭官隱居山林，叫我前去訣別。我心裡被那不愉快的事情所煩擾，只怕趕不上約定的日

③ 這首詩的大意如下：「天南地北的朋友尚且要想念他，何況是個天仙與我只隔著一重錦屏。你若是往天堂去朝見上帝，我願意跟隨你的鸞鶴直上青雲。」

④ 漢南　古縣名，即今湖北省宜城縣。

期，哪裡還有心情顧盼到別人，你說對不對？我能夠與先生同舟渡江，十分歡喜，但是請先生不要存有和我開玩笑的念頭。」裴航道：「不敢！」於是夫人請裴航飲酒。喝完了，裴航回轉自己艙中，覺得夫人的態度冷若冰霜，誰也不能夠冒犯她。

後來夫人派裊煙送一首詩來，那詩道：

一飲瓊漿百感生，玄霜搗盡見雲英。
藍橋便是神仙窟，何必崎嶇上玉清。⑤

裴航看了詩，只覺得感愧佩服，卻不明白詩中的意義。從此以後，夫人不再與裴航見面，只是派裊煙前來問候罷了。船到襄陽，她帶了婢女，拿了妝盒，不別而行，誰也不知道她往哪裡去了。

---

⑤ 這一首詩的大意如下：「喝了一杯仙水便百感叢生。仙丹搗完了就能看見雲英。藍橋就是神仙所住的地方，何必要辛勞跋涉上天庭。」

裴航四處尋訪，簡直無影無蹤，一點線索也找不到，便收拾行囊，回轉京師。路過藍橋驛⑥附近，因爲口渴極了，便往路旁人家討些茶喝。見那邊有茅屋三、四間，又低又窄，有一個老婆子坐在屋裡，紡績苧麻。裴航上去作個揖，討口茶喝。老婆子喊道：「雲英！拿一杯茶來！有一位先生要喝茶呢。」

裴航聽了很詫異，記得樊夫人的詩中有一句提到「雲英」二字，一向解釋不出。一會兒見蘆簾底下伸出一雙白嫩的手來，捧著一只瓷杯。裴航接過來一喝，眞如仙露一般，但覺得一股濃郁的香氣，直透到門外。他藉著還杯子的機會，突然把簾子揭開，看見一個女子，姿態宛如帶露的瓊花，肌膚又像融化的春雪，面龐勝過美玉，鬢髮猶如濃雲，十分嬌羞地掩著臉，躲在簾子背後，便是那幽谷中的紅蘭，也比不上她的芬芳美麗。

裴航看得出了神，呆呆地站著，不能走開，於是向老婆子說道：「我的僕人和馬匹都餓了，希望在這裡休息一下。我一定重重地謝你，請你不要拒絕我。」

⑥ 藍橋驛　在今陝西省藍田縣東南。

老婆子道：「任憑先生自便。」於是讓他的僕人吃了飯，又給他的馬匹餵了草料。

過了好一會兒，裴航對老婆子說道：「剛才我看見你家的姑娘，美麗驚人，姿容絕代，所以我流連在這裡，不想往別處去了。我願意送上一筆很重的聘禮，娶她爲妻，不知道可不可以？」

老婆子道：「她已經答應嫁給一個人了，只是時候未到。我如今又老又病，只有這一個孫女。昨天有一個仙人送我靈丹一服，但是需要玉杵臼來搗一下。搗了一百天，才可以吞服。吃下去，長生不老。先生要娶這女孩子，如能得到玉杵臼，我便把孫女兒嫁給你。其餘金錢綢緞等物，我是毫無用處的。」

裴航連連作揖道：「我願意和你約定，在一百天之內，一定帶了玉杵臼來，千萬不要再答應別人。」老婆子道：「很好。」於是裴航就依依不捨地走開了。

到了京裡，裴航把考試的事全不放在心上，只是在大街小巷人多的地方亂走，大聲徵求玉杵臼，可是毫無線索。有時路上遇見了朋友，好像不認識一般，大家都說他瘋了。

過了幾個月，偶然遇見一個賣玉器的老頭兒。那老頭兒對他說道：「近日收到虢州⑦藥店裡卞老頭兒的來信，說起有玉杵臼要出賣。先生既然如此懇切地要覓這樣東西，我可以寫封信替你介紹。」

裴航感激道謝，果然因此找到了玉杵臼。卞老頭兒道：「非二百千銅錢不賣。」裴航便把自己所有的錢全拿出來，而且還把僕人、馬匹一起賣掉，才湊足了這個數目。於是馬上獨自步行，帶了玉杵臼來到藍橋。

從前所遇見的那個老婆子大笑道：「天下竟有這樣言而有信的君子嗎？我何惜一個女孩子而不酬謝他的辛苦呢？」那女子也微微一笑道：「雖然如此，還要替我們搗藥一百天，才能談到婚事。」

老婆子在身邊拿出藥來，裴航便替她們搗藥。白天工作，晚上休息。一到晚上，老婆子就把藥臼收到內室裡去。裴航聽得晚上還是有搗藥的聲音，便悄悄地向裡邊偷看。只見一隻玉兔拿著杵臼在搗藥，雪亮的光芒，照耀一室，便是一根

⑦ 虢州　在今河南省靈寶縣南。

毫毛也瞧得清楚。於是裴航要娶這女子的心思越發堅定了。

這樣過了一百天，老婆子拿藥吞下去，說道：「我應當先回洞府裡去，告訴各位親戚，替裴家姑爺準備床帳被褥。」便帶了那個女子往山中去了，臨行對裴航說道：「你暫且在這裡等候一下。」

不多一會兒，有車馬奴僕前來迎接裴航。到了另外一處地方，看見一所大宅子，高接雲霄。亮晶晶的大門，太陽照在上面，閃爍有光。屋內帷幕屏風，珠寶古玩，沒一樣不完備，簡直像個皇親國戚的府第。

仙童侍女把裴航引入帳幔裡，行了婚禮。裴航向老婆子拜謝，感激涕零。老婆子道：「裴姑爺乃是清冷裴眞人的子孫，本來應當成仙，不必過分感激老身。」

等到給他引見許多賓客，原來都是神仙中人。後來看見一個仙女，梳著高髻，穿著輕盈美麗的衣服，據說是新娘的姊姊。裴航行禮完畢，那仙女問道：「裴先生難道不認識我了嗎？」裴航道：「從前我還未曾忝居親戚，所以不知道在哪裡見過你。」仙女道：「你不記得我們在鄂渚一同坐船到襄陽嗎？」裴航大吃一驚，很懇切地向她道謝。後來問左右侍女，她們說：「這一位是小姐的姊姊雲翹夫人，乃是劉綱⑧仙君的妻子，她已是大羅神仙，而且做了玉皇身邊的女官。」

老婆子便命裴航帶了妻子同往玉峰洞，住在瓊樓珠室裡，又讓他們服用仙丹，使得體質清虛，毫毛頭髮都變成綠色，能夠自由自在地變化，成了上界的神仙。

大和⑨年間，友人盧顥在藍橋驛的西面遇見裴航，談起他得道成仙的事。裴航送給盧顥藍田美玉十斤，仙丹一粒。談了一整天，又託他帶信問候親戚朋友。

盧顥向他叩頭道：「老兄既然成了神仙，可否指點我一下？」裴航道：「老子說：『虛其心，實其腹。』⑩如今世人心裡都是結結實實的，哪裡能得道呢？」

盧顥聽了不懂，裴航又對他說道：「世人心裡多胡思亂想，肚子裡白白地把

⑧ 劉綱　字伯經，三國時吳下邳人，曾為上虞令，偕妻樊雲翹隱居四明山，據說後來一同仙去。
⑨ 大和　唐文宗（李昂）的年號，當西元八二七年至八三五年。
⑩ 這兩句出自老子《道德經》。

精神漏掉了。是虛是實，你也就可以知道了。世間自有不死的方法、返老還童的丹方，只是現在還不能教你，等將來再說吧。」

盧顥知道無法請求，和裴航喝完了酒，就走開了。後來的人就沒有再遇見過裴航。

這是裴鉶所著《傳奇》中的一篇，收入《太平廣記》卷五〇。裴鉶是唐朝咸通、乾符年間人，曾經做過靜海軍節度使高駢的記室，後來官至成都節度副使加御史大夫。所著《傳奇》三卷（或云六卷），大半敘述神仙道術的故事。書已佚失，唯有《太平廣記》所收的二十四篇還保存著。

裴航、雲英的故事，非常著名，流傳甚廣，古人詩詞中時常引用。宋元話本有《藍橋記》，見《寶文堂書目》，有清平山堂刊本。元人庾天錫的《裴航遇雲英》雜劇，明人龍膺的《藍橋記》傳奇，楊之炯的《玉杵記》傳奇，都是演述這個故事的。

靈應傳

涇州①東面二十里，有個前代的薛舉②城。城的一角，有個「善女湫」③，縱橫各有好幾里，四周蘆葦叢生，古樹蒼涼。湫水清澄，碧油油地沒有人知道有多深。水族中的神靈妖怪，往往在這裡出現。鄉人在湫旁立一所廟，廟中供奉的神靈，稱爲「九娘子」。每年鄉人祈雨祈晴，或是希望消災降福，都到廟裡來求她。

涇州西面二百多里，朝那鎮④的北面，另外有一個湫。那湫的神靈，就以祂

---

① 涇州　即今甘肅省涇川、崇信、鎮原、靈臺等縣地。

② 薛舉　隋朝金城人，隋末起兵，占據隴西各地，自稱西秦霸王。傳至他的兒子仁杲，被唐朝所滅。

③ 善女湫　湫本是低下而有水的地方。西北各地的河道，也有稱為「湫」的。

④ 朝那鎮　就是古朝那縣，在今甘肅省平涼縣西北。據《漢書》地理志云：「朝那縣有湫淵祠。」

所在的地方得名，稱作「朝那神」。祂的威靈顯赫，又在善女之上。

乾符五年⑤，節度使周寶在任的時候，從五月初起，時常有雲氣從兩個湫裡升起來，形狀不一：有的像奇峰，有的像美女，有的像老鼠，有的像猛虎。甚至颳起大風，發出雷電，吹倒房屋，拔起樹木，經過了好幾個時辰才停止，傷人口，壞莊稼，爲數不少。周寶時常責備、勉勵自己，認爲是政治不好，所以受到神靈的譴責。

到了六月初五，周寶在府中辦公後休息的時間，覺得迷迷糊糊，想要睡覺，便脫下帽子，睡到枕頭上。還沒有睡熟，忽然看見一個武士，戴盔披甲，手裡拿一柄斧頭，站在階下，說道：「有女客在門外要來拜訪，先行稟報，聽候定奪。」

周寶道：「你是誰？」武士道：「我就是你的管門人，已經服役好幾年

「湫淵」就是「朝那湫」。又《大明一統志》云：「湫有二，俱在山間，一在縣東，一在縣西北，土人謂之東海西海。」

⑤ 乾符　唐僖宗（李儇）的年號。乾符五年即西元八七八年。

了。」

周寶正要細問根由，已經看見兩個婢女從階下一步步走上來。走到面前，跪下來道：「九娘子從城外別墅中特地前來拜訪，先派我們來稟報相公。」

周寶道：「我與九娘子非親非故，怎敢冒昧和她相見。」話還沒有講完，忽見祥雲細雨，密布空中，又聞得異香撲鼻。一會兒有個女人年紀大約十七、八歲，衣裙素淨，身材窈窕，從天空中降下來，站在院子和走廊的中間。她容貌美麗，豐神絕世。左右侍奉的婢女，有十幾個人，個個都是服飾鮮明。看她那種氣派，像個妃子或公主。她嫋嫋婷婷地走過來，慢慢地走近臥室門口。

周寶想暫時迴避她，看她的來意如何。一個婢女上前說道：「公主因爲相公見義勇爲，誠實可靠，所以要將一肚子的冤屈向相公申訴。相公難道能忍心不救她的急難嗎？」

周寶便請她上階相見，行賓主之禮，十分莊嚴恭敬。九娘子坐在椅子上，祥雲四面圍攏過來，院子裡充滿了紫氣。她呆呆地低垂粉頸，似乎有些憂愁的樣子。周寶吩咐手下人擺上酒席，很有禮貌地款待她。

過了一會兒，九娘子離開座位，道個萬福⑥，慢慢地走過來說道：「我寄居城外，已經好多年了。承蒙照顧，受恩深重。雖是孤衾獨枕，卻也心甘情願。只要未亡人有個寄託的所在，心裡便感激萬分了。不過因爲幽明路隔，一向沒有往來。如今爲情勢所迫，哪裡還能夠避不見面？倘若你能體諒我的愁情苦緒，我便敢很坦白地講給你聽。」

周寶道：「我很願意聽你的話，並且希望知道你的家世。倘若我能夠效勞，怎敢因爲幽明路隔而推辭呢。君子殺身成仁，爲了表示我堅強的意志和熱忱，情願赴湯蹈火，替人家雪不平。這便是我周寶的志願。」

九娘子答道：「我家世居會稽鄮縣⑦。老宅築在東海深潭裡，一向生活在那邊，墳墓也築在那邊，已經有一百多代了。後來遭逢亂世，因爲我家是高門巨族，不免引起強豪的注意。無端惹出飛來橫禍，全家五百餘口，都被姓庾的放火

---

⑥ 萬福　古代婦女向人行禮，把兩隻袖合攏在胸前，口稱「萬福」，所以婦女行禮稱為「道萬福」，亦稱「斂衽」。

⑦ 鄮縣　今浙江省鄞縣。

燒死，宗祧幾乎斷絕。子孫不願與仇人並立在世上，躲到深山窮谷中去，至今冤沉海底，無法申雪。」

「到了梁朝天監[8]年間，梁武帝好奇，召募出使龍宮的人。準備將他們派往枯桑島，帶了一種新奇的食物叫做「燒燕」，去和洞庭君宮中專管寶物的第七個公主結交，向她求些奇珍異寶。後來聽說，我家仇人庾毗羅在鄮縣白水鄉做郎官[9]，竟然辭去官職，前往應募。其實他不懷好意，想要假借出使龍宮求取珍寶的名目，把我家一網打盡。幸而傑公[10]覷破了他的陰謀，知道他假公濟私，希圖殺害無辜，恐怕他害人反而自害，不能完成君王的使命，就把這情形告訴了武帝。武帝便中止他的任命，另派合浦郡落黎縣的甌越[11]人羅子春代他前往。」

---

⑧天監　梁武帝（蕭衍）的年號（西元五〇二年至五一九年）。

⑨郎官　郎是古時官名。

⑩傑公　名魏傑，是梁武帝時的異人，有神通，見唐梁載言所著《梁四公記》。

⑪甌越　古時候所謂「甌越」，有兩處地方：一、今浙江省永嘉縣一帶；二、今廣東省雷州半島一帶，又名南越。這裡是指南越。

「我的祖先認爲與仇人並立於天地之間，是個奇恥大辱，又怕後患無窮，防不勝防，於是帶領闔族人等，改名換姓，不露形跡，躲避仇人，搬往新平⑫眞寧縣安村。拔除荊棘，鑿開山洞，就在那裡建築了房屋。從此與祖宗傳下來的老屋，變成天南地北，直到如今，已經三代。我父親先封靈應君，再封應聖侯，後來因爲威靈顯赫，普濟眾人，有大功德於百姓，又封普濟王。他的威權與功德，流傳在人間，爲世人所敬仰。我就是普濟王的第九個女兒。」

「我十五歲的時候，嫁給象郡⑬石龍的小兒子。我丈夫深受他家遺傳影響，年少氣盛，法律不能拘束他，嚴父不能禁止他，行爲殘暴，蔑視禮教。我嫁他不到一年，果然受到上帝的懲罰，斷宗絕代，取消封號，只有我一個人得免死罪。父母逼我再嫁，我始終拒絕。王侯家前來下聘禮的，絡繹不絕。我意志堅決，甚至想割鼻毀容。父母恨我性情剛烈，便把我驅逐出來，住在這裡一個城池中，音

---

⑫ 新平　古郡名，即今陝西省邠縣。
⑬ 象郡　秦朝所置，即今廣東省西南部與廣西省南部西部及安南等地。

信不通，已經三十六年了。雖然父母至今未能回心轉意，我好久不曾前往請安，但是我離開了家庭，一個人孤零零地住著，倒也很合我的志願。」

「近年來有個朝那小龍，因爲他的小兄弟尚未娶親，私下派人送聘禮來，甜言蜜語，禮物豐厚。我堅決拒絕，他們還是來纏擾不休。我唯拚一死，絕對不肯應允。朝那就去和我父親聯絡，希望促成這樁親事。還叫他小兄弟暫且搬到我父親京城的西邊居住，想買通我父親，成就兩家婚姻。我父親知道我意志堅決，難以更改，便叫朝那派兵前來逼迫。我也帶了家中僮僕五十餘人，各拿兵器，在城外平原上迎敵。但是他們人多，我們人少，因此難以抵抗。接連交戰了三次，打了三次敗仗。我軍十分疲乏，而且無人救應。」

「我想要收集殘餘的軍隊，拚命再打一陣，只怕再吃了敗仗，便要像晉陽遭到水淹⑭，臺城遭到火焚⑮。一朝城池被敵兵攻破，我受到那惡少的侮辱，就

⑭ 春秋時，晉國上卿知瑤攻趙無恤，圍晉陽，決水灌城。
⑮ 南北朝時的「臺城」，在今南京市北區玄武湖旁。梁武帝末年，侯景作亂，攻破臺城，放火焚燒。

是死在九泉之下，也沒有面目見我的丈夫了。《詩經》上說道：『泛彼柏舟，在彼中河。髧彼兩髦，實維我儀。之死矢靡它。母也天只，不諒人只』⑯，這乃是衛世子的孀婦自己立誓守節的話。《詩經》上又說道：『誰謂鼠無牙，何以穿我墉？誰謂女無家，何以速我訟？雖速我訟，亦不女從』⑰，這是邵伯⑱判斷官司的詩。當時衰亂的風俗盛行，堅貞的禮教衰微，但是強橫的男子終不能欺侮貞節的女人。如今相公的教化可以通達人民與鬼神，做古往今來的模範，教導人家保持貞節，當然不在姬奭之下。希望相公分一部分力量，借些兵士給我，打倒那凶

---

⑯ 這是《詩經．鄘風．柏舟》篇的第一章。「柏舟」據說是衛世子共伯的妻子共姜所作。共伯早死，父母逼共姜改嫁，共薑作此詩以明志。詩的大意如下：「坐著那一艘柏木的船，蕩漾在河的中流。那個披著頭髮的少年，實在是我的配偶。我立誓至死也不會有別的思想在我心頭。我的媽媽！——天呀！——她為什麼不肯原諒人家？」

⑰ 這是《詩經．召南．行露》篇的第一章，大意如下：「誰說老鼠沒有牙齒，怎麼咬穿了我家的牆？誰說你不想娶妻子，怎麼跟我打官司？雖然你跟我打官司，我也不會順從你的。」

⑱ 邵伯　周文王姬昌的兒子姬奭（音ㄕˋ）封於召，稱為「召伯」。「邵」與「召」通用。

橫的暴徒，保護我這孤零的寡婦，成全我立志守節的誓言，表明你濟困扶危的熱忱。我是一片誠心，向你呼籲，希望你千萬不要拒絕。」

周寶雖然有心應允她，可是因爲她能言善辯，不免起了好奇之心，要想藉些別的事情來拒絕她，看她還有什麼話講，於是對她說道：「邊疆上軍情緊急，時常有烽煙可以見到。朝廷因爲西邊的疆土受到胡人侵略，已經有三十多個州郡淪陷了，準備興兵收復失地。我日夜等候命令，不敢偷安，不知哪天早晚，先行部隊就要出發了。我空有一腔義憤，怎奈沒有時間接受你的委託。」

九娘子答道：「從前楚昭王⑲以方城⑳做城牆，以漢水做城河，完全占有荊蠻㉑的土地，靠著父兄傳下來的基業，外有強國互相聯盟，內有三個賢大夫出力輔助。但是吳國的大兵一朝進攻，就像鳥飛雲散一般，來不及守城，便被迫逃走。珍寶重器，被人搬去；宗廟社稷，被人拆毀。枉自做了一國之君，連先王的

⑲楚昭王　春秋時楚平王熊棄疾的兒子，名壬。
⑳方城　山名，在今河南省方城縣東北。
㉑荊蠻　「荊」便是楚國。「蠻」是中國古時對南方民族的通稱。

屍骨也無法保護㉒。後來申包胥向秦國請兵，斑斑血淚，灑在秦國的朝堂前，大哭了七天，晝夜不停。秦國國君哀憐楚國的滅亡，終於答應他出兵打退吳人，恢復楚國。一個已經滅亡的國家，才得以保存下來。楚國乃是春秋時代的強國，申包胥是個亡國大夫，他因爲楚國的兵力已經全部被消滅，只得卑躬屈節，去求秦國國君。爲了國家，不惜犧牲自己的性命，終於感動了那意志堅強的秦哀公。我是一個弱女子，父母不許我守節，狂徒欺侮我孤弱。我的處境，非常危急，難道說一點也不能感動仁人君子的心嗎？」

周寶道：「九娘子是神靈的宗族，能呼風喚雨。一般凡夫俗子，簡直在你掌握之中。怎麼在世俗人面前顯得這樣的不中用，而自己落得這般的狼狽呢？」

九娘子答道：「我家親族的名望，全國的人都知道。譬如彭蠡君和洞庭君，都是我的外祖父；陵水、羅水的龍王，都是我的表兄弟；內外兄弟一百多

㉒ 伍奢被楚平王殺死，他的兒子伍員要替父報仇，帶領吳國的軍隊打敗楚國，將楚平王屍首掘出，鞭屍三百。

人，散居在吳越一帶，各自占據土地。咸陽附近八條河中的龍王，大半是我家親族。假使我派一個人奔走各地，送一封信去，告訴彭蠡君和洞庭君，召集陵水、羅水龍王，統帶維揚的精兵，徵調八河的壯士。通知馮夷㉓，遊說巨靈㉔，鼓動子胥的波浪㉕，配合陽侯㉖的鬼怪，驅遣列缺㉗，指揮豐隆㉘，颳起狂風，掀起大浪，各方軍隊，同時進攻，只要一戰成功，管教那朝那逆龍立時粉身碎骨。涇城周圍一千里之內，可以變成一片汪洋。我的話，都能做到，並不是信口胡說。」

「從前涇陽君和我的外祖父洞庭君世代結爲姻親。後來因爲夫妻失和，涇川小龍把妻子拋棄了，惹得錢塘君大怒，傷害生靈，損壞莊稼，山川陵谷都因而

㉓馮夷　水神的名字。
㉔巨靈　據說是一個身材非常高大的神道。
㉕古時傳說，伍子胥盡忠而死，上帝封為潮神。
㉖陽侯　水神的名字。
㉗列缺　閃電的別名。
㉘豐隆　雷神的名字。

崩潰。涇川小龍，無路可逃，終於死在外祖父牙齒之下。如今涇川兩岸，車輪馬跡，依稀還在。歷史上有詳細的記載，並不是我捏造出來的。」

「我因為夫家得罪天庭，至今未蒙天帝申雪，所以銷聲匿跡，弄得自己這樣的狼狽。倘若相公不明白我的一片誠意，始終認為我在多事，拒絕我的請求，我就要照剛才所說的話去做。便是受到天帝的懲罰，我也顧不得許多了。」

於是周寶答應了她。大家乾了一杯，把酒席撤去。九娘子再三拜謝，就告辭走了。周寶睡到下午才醒過來，剛才耳聞目睹的事，恍惚還在眼前。第二天，便派兵士一千五百人駐紮在善女湫廟宇的旁邊。

這個月的初七日，雞剛啼的時候，周寶將要起身，窗上還是黑沉沉地。忽然看見帳子外有一個人，在簾幕中間經過，似乎是伺候他梳洗的僮僕。便叫那人把蠟燭點起來，但是沒有人答應。周寶高聲吆喝，才聽得有人說道：「陰陽間隔，請您不要逼我點燈燭呀。」

周寶覺得有些詫異，便低聲下氣，慢慢地問道：「你莫非是九娘子？」那人答道：「我是九娘子手下的辦事人。昨天承蒙相公借兵給九娘子，搭救她的患難。但是陰間和陽間不同，這些兵士，不能替九娘子出力。相公倘若願意成全她，請您再仔細想一想。」

一會兒紗窗上漸漸地亮起來，注目一看，房裡靜悄悄地，什麼也看不見了。周寶想了半天，才明白她的意思。就叫手下小吏檢查兵丁名冊，把已經死亡的名字摘出來，得到騎兵五百名，步兵一千五百名。在其中又選出一個押衙㉙，名叫孟遠，派他做行營都虞候㉚。寫了一紙公文，送往善女湫廟裡。

這個月的十一日，把駐紮廟旁的兵士調回來。周寶坐在大廳上，傳他們進見。正在參謁的時候，有一個兵士忽然跌倒，嘴脣抖動，眼睛眨個不住，可是問他話卻沒有回答。看他的樣子，不像是得了急病，就把他放在屋簷下，直到第二日天明才醒過來。

周寶派人盤問他，那兵士答道：「我起先看見一個穿青袍的人從東面走來，與我相見，很有禮貌。他對我說道：『公主承蒙相公莫大的恩惠，搭救她於

㉙ 押衙　唐朝小武官名。

㉚ 都虞候　唐宋武官有「虞候」、「都虞候」等名目。

水火之中，但是還有些意思未曾完全說明。如今要借你的口，再把下情表白一下，請你千萬不要推卻。』我急忙提出理由來謝絕他。那人把我的袖子一拉，我就迷迷糊糊地跌倒了。當時只覺得跟了那個穿青袍的人一同走，不多一會兒，到了九娘子廟裡。裡邊一疊聲傳呼我進去，我便急行幾步，走到神帷前，參見公主。公主對我說道：『前天承蒙相公哀憐我孤苦危急，派你們駐紮在我的地方，路上來往跋涉，大概很辛苦吧？最近承蒙相公再借兵給我，極合我的願望。這一支軍隊，人強馬壯，衣甲鮮明。但是那都虞候孟遠，庸碌無能，官卑職小，指揮作戰，毫無策略。本月初九日，有敵方遊擊隊三千多人，到我城外擄掠。我命孟遠帶領新來的兵將，在平原上迎頭痛擊。誰知孟遠的布置太不周密，所以反被敵軍打敗了。我很想得到一位老謀深算的將領，請你趕快回去，傳達我的意思。』她說完之後，我拜辭退出。當時迷迷糊糊，好像喝醉了酒，其餘一切都不知道了。」

周寶聽他所說，與自己所做的夢完全符合。想把以前的事再證實一下，便派制勝關防禦使㉛鄭承符代替孟遠。就在本月十三日坐晚堂的時候，在後面球場上灑酒焚香，寫一道公文，請九娘子接管軍隊。

到了十六日，制勝關有公文呈報道：「本月十三日半夜三更左右，守關防禦使鄭承符突然去世。」周寶驚奇嘆息，派人趕往視察。到那邊一看，防禦使果然死了，只是心口和背上還沒有冷。這樣大熱的天氣，死屍擱在那裡，卻並不腐爛，他家認爲十分奇怪。

忽然有一夜，陰風慘慘，飛砂走石，房屋有被吹塌的，樹木有被拔起的，田裡的稻都被吹倒，直到天明，風才停止。雲霧四面密布，接連兩天沒有消散。直到晚上，霹靂一聲，好像天崩地塌一般。鄭承符忽然發出呻吟嘆息的聲音。他家裡的人把棺材蓋揭開一看，過了好一會兒，鄭承符竟甦醒過來。這天晚上，親戚鄉鄰們都來探望，大家悲喜交集。過了兩夜，他完全恢復了原狀。

家人盤問詳細情形，鄭承符道：「我起先看見一個人，穿一件紫袍，騎一

㉛ 防禦使　唐朝武官名，設於險要的地方，專治軍事。

匹黑馬，背後跟著十幾個人，到門前下馬，請我相見。作揖寒暄之後，他把手中所捧的公文給我道：『公主做夢得到一個賢臣，知道將軍抱蓋世奇才，準備效學劉備在南陽聘請諸葛亮的故事，想要殲滅國家的仇敵，命小臣奉上這些禮物、錢財，聊表敬意，希望國家從此可以復興。將軍千萬不要因爲公主三顧茅廬而感覺麻煩。』」

「我當時來不及說別的話，只能連稱『不敢不敢』。正在應酬的時候，已經看見聘禮都送到階前。鞍轡、馬匹、盔甲、錦繡、彩緞、衣服、古玩、弓囊、箭袋等等，都陳列在庭院裡。我無法推辭，只能連連拜謝，收了下來。那人便催我上車。他們所騎的馬異常神駿，車子的裝飾華麗清潔，馬夫和隨從人等都很莊嚴整齊。霎時走了一百多里，看見有騎兵三百名上來迎接。那時候前呼後擁，眞有大將軍的氣概，我也覺得十分得意。」

「轉眼之間，望見前面有一座極大的城池。城牆很高，城河很深。我迷迷糊糊，不知道到了哪裡。後來就在城外支起營帳，排開筵席，吹奏音樂。席散之後，方才進城。路上看的人密密麻麻，站得如同圍牆一般。幾個傳達命令的小吏，也夾雜在人堆裡。我們所經過的城門共有幾道，我也記不得了。後來到了一個地方，好像是官府的衙門。左右伺候的人，請我下馬，更換了衣服，然後進去見公主。」

「公主派人傳達命令，請我用賓主之禮相見。我認為已經接受了公主的公文，又收了她的盔甲、兵器，我就是公主的臣子了，所以堅決辭謝，穿了軍裝進見。公主又派人傳達命令，請我卸了弓囊箭袋。她認為賓主之間，禮節不妨簡便一點。我就把武器卸下，然後進去。見公主坐在廳上，我跪下來參拜，一切遵照君臣相見的禮節。」

「參拜完畢，公主連連呼喚，命我上階。我又拜了兩拜，然後從西階走到廳上。只見公主身邊，濃妝豔抹梳著龍鳳髻站立在兩旁的，大約有幾十個人。手拿各種樂器，頭插鮮花，身穿豔服，在旁邊伺候的，又有幾十個人。腰金拖紫，冠帶朝服，在廳旁奔走的，又不止一兩個人。輕裘華服，玉帶圍腰，雜立在階下的，更是不計其數。此外，還有女客五、六人，每人帶著十幾個婢女，排好了班，一個接一個，走上廳去。我眼睛望著地下，只是打躬作揖，不敢下拜。」

「坐定之後，有幾個高級將官到來，公主命他們一起坐下。當時樂隊奏起音樂來，大家開懷暢飲。輪到公主乾杯的時候，公主向我道個萬福，舉起杯子來，正要開始敘述前天聘請我的理由。忽然聽到警報四起，外邊有人高聲喊叫道：『朝那賊部下的步兵騎兵有幾萬人，今天一早，已經攻破了邊防的堡壘，衝進我國邊界，兵分幾路，同時進攻。各處烽煙不絕，請公主速速發兵救應。』席上飲酒的人，大家你看我，我看你，嚇得面如土色。各位女賓來不及向公主告辭，很狼狽地各自散去。」

「我和眾將士走下階去向公主拜謝，站在那裡，等候公主的命令。公主走到廊下，對我說道：『我受相公非同尋常的恩惠。他憐我孤苦，接連發兵，救我於患難之中。然而因爲上次出師不利，我希望得到一位老謀深算的將領。如今相公不棄鄙陋，派將軍前來，正是因爲這裡十分危急的緣故。希望將軍不要嫌棄這個偏僻的所在，幫助我解決困難。』於是另外賜給我戰馬兩匹，黃金甲一副，旌旗、旄鉞㉜、珍寶、器具等等，庭院裡擺滿了，簡直數也數不清楚。此外，還有美女兩名，以及兵符印信之類，賞給我的東西非常多。我拜謝之後，捧了兵符印

㉜ 旄鉞　旄是用牛尾裝飾的旗幟，鉞是斧。這是貴官出行的儀仗。

信而出，召集諸將，指揮兵士，裡裡外外，一片同仇敵愾的聲音。」

「這天晚上，派出城外的探子，幾次回來報告，都說賊兵聲勢浩大。我對於這裡的山川形勢，向來知道得十分清楚，便帶了軍隊連夜出城，離城一百多里，將部隊分布在險要的地方。申明賞罰，號令三軍，預先埋伏下三支兵，等候敵軍到來。將近天亮的時候，布置完畢。敵軍因爲上次打了勝仗，有些驕傲，很輕率地向前進攻，以爲我方帶兵的還是孟遠。我親自率領一隊輕裝的騎兵，登高一望，見煙塵四合，對方的隊伍很整齊嚴謹。我先派輕兵前去挑戰，假裝我們的兵力非常單薄，藉此引誘他們。雙方短兵相接，我軍且戰且退。一時喊殺的聲音，宛如天崩地裂。我引兵詐敗，他們集合精銳，向前追趕。忽然一聲鼓噪，伏兵齊出。我軍轉戰十里，四面夾攻。敵軍大敗，死傷不計其數。他們屢戰屢敗，抱頭鼠竄。朝那小子，漏網逃遁，跟他逃走的不過十幾個人。我挑選三十個騎快馬的壯士，前去追趕，果然把那小子生擒回營。這一場惡戰，殺得血肉狼藉，肝腦塗地。敵人全軍覆沒，繳獲的武器，堆積如山。」

「我把擒獲的敵軍主將用快車獻於公主。公主登平朔樓接受俘虜。全國人民，都聚攏來觀看。兵士們把朝那帶到樓前，公主據禮斥責，朝那只是口稱死罪，別無話說。公主便下令將他押往市曹腰斬。臨刑的時候，有一使臣坐了快車從普濟王那邊趕來，拿一道緊急的詔書，吩咐公主特赦朝那。那詔書上說道：『朝那的過錯，都是我的過錯。你可以饒恕了朝那，讓我減輕一點罪過。』」

「公主因爲父母又與她往來，非常歡喜，對將士們說道：『朝那這一次輕舉妄動，乃是奉我父親的命令。如今叫我饒恕他，也是我父親的命令。我從前違抗父命，乃是要保全貞節。如今倘若再違抗父命，那就沒有道理了。』便吩咐把朝那鬆綁，將他單人獨騎，送回家去。那小子未到朝那鎭，便含羞死在路上。」

「我因爲有戰勝敵人的功勞，受到了許多賞賜。後來公主又舉行隆重的禮式，拜我爲平難大將軍，封我在北方邊疆上擁有一萬三千戶的一個食邑㉝。另外再賜給我房屋、車馬、珍寶、衣服、婢僕、園林、別墅、旌旗、盔甲等等。又按著功勞的等級，分別賞賜各位將領。第二日，大開筵席，被邀請的不過五、六人。從前見過的六、七個女客，都來陪伴。她們的容貌姿態，看來似乎越發美麗

㉝ 食邑　古時候君王把土地封給臣子以後，這地方的賦稅完全歸那臣子所有。這地方名為「食邑」。

了。整個夜裡，大家開懷暢飲，十分歡樂。」

「輪到公主乾杯的時候，她拿著酒杯，向我說道：『我不幸，自幼生長閨中，天生一種堅貞的性格，不肯順從嚴父的命令。父親把我安置在這裡，已經三年了。我是蓬頭垢面，心灰意冷，只是未曾自尋短見而已。後來鄰居小子，橫加脅迫，情形非常危急。倘若沒有相公的恩惠，將軍的雄武，我這個不肯說話的息夫人㉞，恐怕要做朝那的俘虜了。你們的恩惠，我是一輩子不會忘記的。』說罷，就拿七寶鐘斟了一杯酒，叫人拿著敬我。我急忙離開座位，拜了兩拜，把酒喝乾了。那時候我動了思鄉之念，向公主請求回家。話說得十分懇切，公主便允許給假一月。席散之後，我便告辭出來。」

「第二天，辭別公主，帶了部下三十多個人，仍由原路回家。所經過的地方，只聽得雞犬之聲，情況甚爲凄慘。一會兒到了家中，見一家人聚集在一起，

㉞ 息夫人　春秋時代息國國君息侯的夫人，姓嬀，也稱「息嬀」。楚文王滅了息國，把息夫人擄去，生了兩個兒子。她始終不肯講話。楚文王問她：「為什麼不說話？」息夫人道：「我一個婦人，嫁了兩個丈夫，既然不能自殺，還有什麼話可以說呢？」

哭哭啼啼。廳上掛著靈幃。我手下的一個人，叫我鑽進棺材裡去。我正要上前，突然被左右的人一推。霎時間只聽得霹靂一聲，我就醒過來了。」

鄭承符從此不理家務，只是把後事託付妻子，一月之後，果然無疾而終。在將要去世之前，時常對他的親屬說道：「我本來是一介武夫，被朝廷所徵用，在軍隊中服務，雖然未能建立奇功，總算也曾略有貢獻。自從犯了過失，降職到此，平生的志願，悶在胸中，無從發展。大丈夫應當捲起狂風，掀起大浪，舉泰山來壓破一個雞蛋，決東海來澆滅一點螢火，振作自己的勇氣，代替別人雪不平。我早晚間就要出去任職，和你分別的日子一定不遠了。」

這個月的十三日，有人早上從薛舉城動身，走了十多里，天色剛亮。忽然看見前面塵土飛揚，有一輛車子過來。紅旗招展，幾百個騎兵中間，擁護著一員大將，氣概非凡。近前一看，原來是鄭承符。這人驚奇了好一會兒，站在路旁，讓他們過去。這隊人馬走得很快，猶如風捲浮雲一般，到了善女湫附近，霎時間靜悄悄地一個人也看不見了。

這一篇傳奇原本是單行的，《太平廣記》收入卷四九二，不署作者姓名。明朝人所編的小說總集，此篇或題于逖作，或題孫揆作。這兩人的生平，都無從查考。于逖著有《聞奇錄》、《靈應錄》兩種小說集。《靈應錄》和〈靈應傳〉只差一個字。此篇題于逖作，大約就是因爲這個緣故。至於題爲孫揆作，不知有何根據，未能輕易相信。所以我還是依照《太平廣記》，認爲是無名氏的作品。

唐朝人所寫龍女靈異的傳奇，當推李朝威的〈柳毅傳〉最爲著名。此篇文筆華麗，故事恢奇，似不在〈柳毅傳〉之下。中間引錢塘君殺死涇川小龍事，便是出自〈柳毅傳〉。又引梁武帝龍宮求寶事，則出自梁載言所著《梁四公記》。作者所以用龍女爲題材，大約便是受了這兩種作品的影響。本傳故事據說出於唐僖宗（李儇）乾符五年，那時周寶任涇原節度使。按周寶，字上珪，盧龍人，唐武宗（李瀍）時任檢校工部尚書，出爲涇原節度使。僖宗中和初年，進同平章事，兼天下租庸使，封汝南郡王。黃巢起義，調任鎮海軍節度使，兼西南招討使。後來因爲部下劉浩等反叛，逃到常州，被吳越王錢鏐殺死。這篇傳奇著作的時候，周寶還沒有死，大約就在中和初年，可見這已是唐朝末期的作品了。

吳堪

常州義興縣①有個獨身漢吳堪，從小沒有父母，也沒有兄弟，在縣裡當小吏，爲人甚是和氣。他家靠近荊溪②，時常在門前用東西遮護溪水，不讓汙穢的雜物落到水裡。他每天從縣裡回來，便站在溪邊看水，對溪水很恭敬，也很親愛。

這樣子經過了好幾年。有一天，忽然在水邊見到一顆白色的田螺，就拾了回來，用水養著。從此以後，他每天從縣裡回來，見家裡吃的東西已經都預備好了，他坐下來就吃。

① 義興縣　今江蘇省宜興縣。
② 荊溪　水名，在宜興縣南。

像這樣經過了十多天，天天如此，吳堪以爲是隔壁人家的老媽媽哀憐他孤孤單單一個人，所以替他燒好了，於是很恭敬地過去向那位老媽媽道謝。

老媽媽道：「你休要這樣說！你近來得到一個美貌的姑娘，替你做事，爲什麼卻來謝老身呢？」

吳堪道：「沒有呀！」於是盤問老媽媽。老媽媽道：「你每天往縣裡去後，就看見一個年約十七、八歲的女子，容貌美麗，衣服漂亮，把飯和菜預備好了，便走進臥房裡去。」

吳堪疑心是那白田螺變的，便祕密和老媽媽商議道：「我明天假意說往縣裡去，請你讓我躲在你家中，從板壁縫裡偷看她，可不可以？」老媽媽道：「可以。」

第二天早上，吳堪假裝外出，果然看見一個女子從他的臥房中走出來，到廚房裡去燒飯。吳堪從大門裡搶進去。那女子無法回轉臥房，吳堪便向她拜謝。

那女子說道：「天上知道你敬重溪水，愛護溪水，而且你雖然位卑職小，卻能勤於職守，哀憐你孤身一人，所以命我嫁給你。如今你明白了我的來歷，千萬不要懷疑我而拒絕我呀。」

吳堪對她很恭敬地道謝。從此以後，兩人相敬如賓，十分融洽。可是鄉里中互相傳說，大家都覺得非常詫異。

那時的義興縣令，乃是個強凶霸道的人。聽說吳堪有一個美貌的妻子，想用陰謀奪取她。但是吳堪在縣裡當差，一向恭敬謹愼，從來不犯過失，不能將他責罰。縣令便對吳堪說道：「你在縣裡當差，一向很能幹。如今我需要『蝦蟆毛』和『鬼臂』兩樣東西，今日晚堂就要交到。交不出這兩樣東西，你的罪名不小。」

吳堪諾諾連聲，走出衙門，心裡暗想，世間哪裡有這兩樣東西，一定是找不到的。他面容淒慘，垂頭喪氣地回轉家中，把這件事告訴妻子，並且說道：「我今天晚上就要死了。」

他妻子笑道：「你爲別的東西擔憂，我可沒有辦法。若是要找這兩樣東西，我可以替你辦到。」吳堪聽說，愁容稍解。他妻子道：「我如今暫且告辭，去拿這兩樣東西來。」不多一會兒，果然拿到了。

吳堪得了這兩樣東西，拿去交給縣令。縣令把兩樣東西看了一看，微笑道：「你暫且出去吧！」然而他心裡還是想害吳堪。

過了一天，他又把吳堪喚進去道：「我要蝸斗一枚，你趕快去找來。倘若找不到，你就要大禍臨頭了。」

吳堪接受了這個命令，奔回家中，告訴妻子。他妻子道：「我家便有這樣東西，拿來不難。」於是便替他去拿。過了好一會兒，牽了一隻野獸回來。那野獸好像狗一般大小，形狀也像狗。她說道：「這就是蝸斗。」吳堪道：「蝸斗有什麼本領？」妻子道：「牠能吃火。你趕快送去吧。」

吳堪將這野獸獻給縣令。縣令一見發怒道：「我要蝸斗，這乃是一隻狗呀！」又問道：「牠有什麼本領？」

吳堪道：「能夠吃火，拉出屎來也是火。」縣令便吩咐拿些炭來燒紅了，拿給牠吃。吃完之後，拉屎在地上，果然都是火。

縣令大怒道：「這東西有什麼用處？」吩咐將火撲滅，把糞穢掃除，正要謀害吳堪。有個小吏拿掃帚碰到蝸斗的糞上，轟然一聲，火焰躥起來，燒著了牆壁。一眨眼間，黑煙和火焰四面圍攏來，勢極烈猛，由縣署直燒到城門口，縣令全家都被燒死，吳堪夫婦不知去向。這縣城後來搬到西面幾步，那就是現在的義興縣城了。

這是《原化記》中的一篇，收入《太平廣記》卷八三。作者皇甫氏，生平無從查考。

〈田螺姑娘〉是一篇很有趣的童話，流傳甚廣，差不多大家都聽過。直到如今，還有人把這故事編爲戲劇。

在這個故事中，好人得到了仙女的幫助，凶暴的縣令受到了應得的懲罰。因爲一切符合大眾的願望，所以一向爲人民大眾所喜愛。

李衛公靖

衛國公李靖①未曾得意的時候，常往霍山②中打獵，飲食住宿都在山村裡。村中有個老人覺得李靖是個不平凡的人，時常送許多食物給他，年頭越久饋贈越多。

有一天，李靖正遇見一大群鹿，便追趕上去。其時天色將晚，想要丟開心裡卻有些捨不得。不多一會兒，天已昏黑，李靖迷失了路途，茫茫然不知道走到哪裡去好。他沒精打采地朝前跑，越發感覺得昏悶疲乏。遠遠地望見有燈火，就趕快奔過去。

① 李靖 字藥師，三原人，唐初名將，封衛國公。

② 霍山 在今山西省霍縣東南。

到了那裡，看見一所大房子，朱紅漆的大門，圍牆很高。李靖上前敲了好一會兒，有人出來問是誰。李靖告訴他是迷失路途的人，請求借宿一宿。那人道：「小主人都出去了，只有太夫人在家，恐怕不許留人住宿。」

李靖道：「請你不妨進去稟報一下。」

那人進去報告了出來，對李靖說道：「夫人本來是不答應的，後來一想，天色已經昏黑，客人又認不得路徑，在這種情況之下便不能不做主人了。」說罷，把李靖邀到廳上。

稍停，一個丫鬟出來說道：「夫人來了。」那夫人年紀大約有五十多歲，穿著青色裙子，白的襖子，態度嫻雅，宛然大人家氣派。李靖走上前去行禮，夫人還禮道：「兒子們都不在家，本來不該留客，如今天色昏黑，你又不認得回去的路徑，這裡倘若不留你，你能到哪裡去呢？但是我們山野人家，兒子回來時也許要喧嘩，請你不要害怕。」

李靖道：「不敢。」

於是請李靖吃飯，菜肴很鮮美，只是魚類甚多。吃完之後，夫人自往內室去了。兩個丫鬟送上床席、被褥來。被褥很乾淨，而且香氣撲鼻，鋪好後，關上門，縛了一根繩子，然後進去了。

李靖一個人在想，這種荒山野地裡，晚上到來喧嘩吵鬧的，究竟是什麼東西？心裡有些害怕，不敢睡，呆呆地坐在那裡靜聽。將近夜半，聽得敲門的聲音很急，又聽得有人出去開門。來人說道：「天上有公文給大公子，命他出去降雨，在此山周圍七里之內，五更天需要把雨水下足，不許耽擱，也不許有傷害。」

開門的人接了公文，進去稟報夫人，又聽得夫人說道：「兩個兒子都沒有回來，如今輪到要降雨，無法推辭，誤了時刻要受責罰的。即使派人去報告兒子，也太遲了。又沒有讓僮僕們完全負責擔當的道理，這該怎麼辦呢？」

一個丫頭道：「剛才我看那廳上的客人倒是一個不平凡的人，何不去託他呢？」

夫人聽說很高興，便來敲廳堂的門，叫道：「客人可醒著嗎？請出來相見。」

李靖答應道：「是！」便下階與夫人相見。

夫人道：「這裡並不是人的住宅，乃是龍宮。我的大兒子往東海參加婚禮去了，小兒子送他妹子回家。剛才接到天上的公文，輪著我家降雨。我計算兩個兒子的所在，便是駕雲前去，也有一萬多里路程，所以來不及通知他們，一時又找不到代替的人，現在時間急迫，想要拜託先生，不知你意下如何？」

李靖道：「我是個凡夫俗子，不會騰雲駕霧，怎能去降雨？假使你有方法教我，我一定遵命。」

夫人道：「倘若能照我的話去做，那是沒有辦不了的。」便命僕人牽一匹青驄馬來，又吩咐拿出降雨的器具來，原來是一個小瓶子，繫在馬鞍前。然後叮囑李靖道：「先生騎在馬上，不必拉韁繩，任憑那馬自己行走。每逢牠跳一跳，叫一叫，你便把瓶裡的水一滴，滴在馬鬃毛上。千萬不可多滴！」

於是李靖上馬騰空而去，漸漸地越走越高，坐在馬背上又穩又快，心裡很詫異，不知不覺已經到了雲的上面。風急如箭，雷聲從腳底下起來，於是每逢馬跳一跳，便灑一滴水，後來電光一閃，烏雲推開，向下一望，看見了自己所住的村莊，心裡想道：「我住在這村莊裡，叨擾了不少。正感激他們無法報答。現在天旱已久，農作物快要乾枯了。幸而降雨的權柄落到我的手裡，我還要吝惜什麼？」擔心一滴水不夠，於是接連下了二十滴。

一會兒，降雨完畢，李靖騎馬回來，見夫人在廳堂裡流淚道：「為什麼你錯得如此厲害？我本來與你約好，每次只要灑一滴，你怎麼為了私人的情感加上二十倍？要知道天上一滴水，地上便是一尺雨。這個村莊半夜裡平地水深二丈，哪裡還有生存的人？我已受了刑罰。打了八十鞭子，你看我的背上，一條條都是傷痕，我兒子也要連帶受罰，這該如何是好？」李靖又是慚愧又是害怕，一時簡直無言回答。

夫人又道：「先生是塵世中人，不知道雲雨的變化，我也不敢怪你。只怕龍王的軍隊前來尋你，或許要受些驚嚇，還是趕快離開此地吧。但是煩勞了你，還未曾報答。我住在山中，沒有什麼好東西，只有兩個奴僕送給你。你一同收了去也好，只收一個也好，聽憑你自己選擇。」說完，喚兩個奴僕出來。一個從東邊廊下走出，和顏悅色，笑嘻嘻地站著。一個從西邊廊下走出，怒容滿面，惡狠狠地站著。

李靖心裡想道：「我是個打獵的人，應當講究爭鬥與勇敢。今天只收一奴，假使挑選那個和顏悅色的，別人豈不是要認為我太懦弱嗎？」於是說道：「兩個一起收我卻不敢。夫人既然賜給我，我要收取那個有怒容的。」

夫人微微一笑道：「先生的欲求也就是這樣了。」李靖作了個揖，與夫人分別，那奴僕也跟他一同走出門。走了幾步，回頭一望，房屋忽然不見了，想要問那奴僕，奴僕也不知去向，於是一個人尋路回去。天明之後，看自己所住的村莊，已成一片汪洋。只有幾株大樹露出樹梢，村中看不見一個人了。

李靖後來執掌兵權，平定亂事，功勞爲天下第一，但是到底未曾做過宰相。豈非因爲不取那和顏悅色奴僕的緣故？常言道：「關東③出宰相，關西出大將。」東廊、西廊豈非就是關東、關西的譬喻嗎？稱爲奴僕，也是臣子的象徵。假使兩個奴僕都取，便可以出將入相了。

這一篇小說原出唐人李復言所著《續玄怪錄》，收入《太平廣記》卷四一八。李復言是隴西人，與牛僧孺同時而稍後，生平事蹟無可考，他所著的《續玄怪錄》五卷（或云十卷），乃是繼續牛僧孺的《玄怪錄》而作，所記也是

---

③ 關東　這個「關」是指函谷關。「關東」是函谷關以東，「關西」是函谷關以西。

神仙怪異的故事。

這篇小記寫得詼奇可喜，尤其是行雨一節，非常精彩。李靖想要報答村人的情誼，結果反把一村的人都淹死了，我們讀了這故事，可以得到兩種教訓：一、盲目地照顧別人，往往弄到「愛之適以害之」。二、替公家辦事絕對不可以把私人的感情夾雜在內。李復言寫這個故事或許也有這兩種意思吧。

李徵

隴西人李徵，是唐朝的皇族，家住陝西寶雞縣。他年輕時，便博學多才，善於寫文章。二十歲時由州郡薦舉，去應進士試，當時稱爲名士。天寶①十年的春天，在尚書右丞楊沒主考的那一榜上，中了進士。過了幾年，派到江南去當縣尉。

李徵性情放浪，不受拘束，仗著自己有才學，對別人很傲慢，不甘心屈居小官僚中間，時常鬱鬱不樂。每逢和同事們宴會，喝醉了酒，眼看著大眾說道：「我這輩子難道和你們混在一起嗎？」同事們因此都不滿意他。

等到任滿離職之後，回轉家鄉，整天關著門，大約有一年多不與別人往

---

① 天寶　唐玄宗（李隆基）年號，天寶十年即西元七五一年。

來。後來因為衣食的逼迫，只得收拾行李，往東方吳楚②各地遊覽。拜訪各州郡長官，希望得到些照顧。吳楚人久仰他的大名，一到那邊，大家都早已替他預備了寓所，請他吃飯遊玩，十分歡樂。將要走的時候，大家都送他許多程儀和禮物，把他的行囊都裝滿了。

李徵在吳楚各地周遊了差不多一年，得到的程儀禮物很多，便回轉陝西寶雞縣去。還未曾到達家鄉，那一天住在汝州③旅店裡，忽然生病發瘋，拿鞭子抽打僮僕，僮僕們都感覺受不了。

這樣經過了十多天，瘋病越發厲害了。有一天晚上，他忽然出門亂走，不知去向。僮僕們四處找尋，呆呆地等候了他一個月，他竟然不回來。於是僮僕們騎了他的馬，帶了他的行李，大家遠遠地逃走了。

② 吳楚　吳楚是包括今江蘇、浙江、安徽、江西、湖南、湖北各省。
③ 汝州　原文是「汝墳」，即指汝州。唐朝的汝州，即今河南省臨汝縣。

到了第二年，有個陳郡人袁傪，官居監察御史④，奉旨往嶺南⑤巡查，坐了驛站裡的車馬，來到商於⑥地界。清早將要動身，驛官上前稟道：「路上有老虎，很凶暴，要吃人，所以在這裡經過的人，不是白晝不敢前進。如今時候尚早，請車馬稍停一下，千萬不能往前邊去。」

袁傪聽了，很生氣道：「我是皇帝派出來的人，跟隨的人很多。山裡的野獸難道能傷害我嗎？」便吩咐把車馬備好，立刻動身。

走了不到一里路，果然有一隻老虎突然從草叢裡躥出來。袁傪大吃一驚，可是一霎時那老虎又躲到草叢裡去，用人的聲音說話道：「眞奇怪，險些兒傷害了我的老朋友。」

袁傪聽牠的聲音好像是李徵。袁傪從前與李徵一同中進士，交情很深，可是已經分別了好幾年了。如今忽然聽到他說話，又是驚嚇，又是詫異，一時莫名其

---

④ 監察御史　官名，掌分察百僚，巡按州縣之訟獄、軍戎、祭祀、出納諸事。
⑤ 嶺南　唐朝的政治區域有「嶺南道」，包括今廣東、廣西兩省及安南等地。
⑥ 商於　古地名，在今河南省淅川縣西。

妙。便問道：「你是誰？莫非是我的老朋友隴西子嗎？」

老虎痛苦地叫喊了幾聲，似乎在啼哭的樣子，後來對袁傪說道：「我就是李徵。請你在這裡耽擱一會兒，和我說一下話。」

袁傪就跳下馬來，問道：「李君！李君！你怎麼會弄到這種樣子？」

老虎道：「我自從與你分別之後，不通消息已經好久了。你身體大概很康健吧？現在要到哪裡去？剛才我看見有兩個小吏在你前邊走，又看見驛裡的差役替你提著印囊做嚮導。莫非你做了御史而出外巡查嗎？」

袁傪道：「近來我僥倖做了御史，如今往嶺南巡查。」

老虎道：「老兄本來是一個文學家，如今又在朝廷做大官，可說是很得意了。況且御史是清要之官，負責糾察百官。當今皇上聖明，選賢任能，十分謹愼，尤其與別的皇帝不同，我看見老朋友做到這個職位，心裡很快活，應當向你賀喜。」

袁傪道：「從前我與你一同中進士，交誼密切，與尋常的朋友不同。自從分手之後，光陰迅速，歲月如流。心裡想念你，希望與你見面，眼睛也望穿了，想不到今天會聽到你這一番念舊的話，但是你爲什麼不肯見我，卻躲在草叢之中，對待老朋友難道應當這樣的嗎？」

老虎道：「我如今不是人類了，怎麼還可以見你呢？」

袁傪便問他變成老虎的經過。老虎道：「我從前往吳楚各地遊歷，直到去年方才回家。路過汝州，忽然生病發瘋，跑到山谷中，用左右手趴在地上走路。於是自己覺得心腸比從前更狠，力氣比從前更大，再看我的臂膊和兩腿，都生了很長的毛，我一見那衣冠楚楚走在路上的人類，馱著東西奔走的牛馬，生著翅膀能飛的禽鳥，身上有毛奔得很快的野獸，都想要吃牠們。有一次跑到漢陰南面，爲飢餓所迫，遇見一個很肥胖的人，便抓來吃了，一下子吃得精光。從此以後，把吃人當作尋常的事。我並非不想念妻子、朋友，只因爲我所做的事情對不起天地神靈，一朝變成野獸，羞於再見別人，所以決心不與大家相見了。唉！我與你同年考中進士，向來交情很厚，如今你在朝廷做高官，親友都很光榮，而我卻躲在森林茂草中，永遠與人世間隔絕，跳起身來叫一聲皇天，趴下地去哭一聲后土。身體毀滅，毫無用處，這難道眞是我的命運如此嗎？」說完唉聲嘆息，自己似乎覺得很難受，便哭泣起來。

袁傪又問道：「你如今既然不是人類，怎麼還能講得出人話來呢？」

老虎道：「我如今形狀雖然改變，心裡還很明白，所以才會有衝突。又是惶恐，又是懊惱，眞是一言難盡。老朋友懷念我們深切的友誼，寬恕我無禮的過失，這是我所希望的。但是你從南方回來，我再遇到你，一定會記不起從前的事情了。那時我看到你的身體，好像是案几上所擺的食物。你應當多帶些保護的人，小心防備，不要造成我的罪過，使得一班有知識的人笑罵我。」

又道：「我和你眞是脫略形跡的朋友，我有幾件事要拜託你，你能答應我嗎？」

袁傪道：「我們一向是好朋友，哪有不能答應的道理？可惜我不知道是些什麼事，希望你盡量告訴我。」

老虎道：「我怕你不答應，所以不敢說。如今你既然答應我了，我爲什麼還要瞞你呢？我從前住在旅館中，生病發瘋，跑進了荒山野林，僮僕們帶了我的馬和行李，一同逃走了。我的妻小在寶雞縣，她哪裡知道我已經變成畜類。你倘若從南方回去，替我帶一封信交給我的妻子。你只要說我已經死了，不要講起今天的事，你千萬記牢了。」

又道：「我在世間並無資產，只有一個兒子，年紀尙幼，難以自謀生活。你在朝廷做官，素來講究義氣，從前我們的交情非他人可比及。只希望你哀憐那年幼的孤兒，時常周濟他，不要讓他餓死在街道上，這就是你莫大的恩德。」說罷又很悲傷地哭泣起來。

袁傪也流淚道：「我與你有福同享，有難同當。你的兒子，便是我的兒子。我定會照你吩咐的去做，你又何必擔心我做不到呢？」

老虎道：「我有從前所作的文章幾十篇未曾印行，雖然留有底稿，但完全四散失落了。如今你替我記錄下來，雖然比不上別人，但是也可以傳給我的子孫。」

袁傪便命僕人拿一枝筆，跟著牠所念的記錄下來，大約有二十篇，文章格律很高，道理很深。袁傪看過之後，再三嘆息。

老虎道：「這不過是我平素的志願，怎敢望它流傳下去。」又道：「你奉了王命，坐著驛站的車馬，當然要急急地趕路，如今留在這裡太久，驛站裡的差役得要萬分驚慌了。我如今要與你永遠訣別了，離愁別恨，一時哪裡能說得盡。」

袁傪也與他話別，過了好久才離開。

袁傪從南方回京，便專程派人拿了一封信和送喪的禮金，交與李徵的兒子。過了一個月，李徵的兒子從寶雞縣來長安，跑到袁傪的家中，要找他父親的靈柩。袁傪沒法，只得把這件事詳細說明。後來袁傪把自己的俸金分給李徵的妻兒，他們才不致於受凍挨餓，袁傪後來做到兵部侍郎。

這篇傳奇收入《太平廣記》卷四二七，但是據云原乃出自唐張讀所著《宣室志》，今本《宣室志》中卻並無這一條，或是佚文，亦未可知。明朝人所輯的小說叢刻中，另有一篇〈人虎傳〉，據說是李景亮所著，情節完全一樣，文字則增加甚多，中間有一段意思重複，似不及《太平廣記》所錄的簡潔，所以我這篇譯文完全根據《太平廣記》。

人化爲虎的故事歷來筆記中所載甚多，但都不及這一篇的細緻詳盡，李復言所著《續玄怪錄》中有〈張逢〉一篇，收入《太平廣記》卷四二九，也是記人化爲虎的事，與這一篇的情節十分相像。同時代人，大概他們偶爾思想相同，是誰抄襲誰的，這卻無從判斷了。

三夢記

人的做夢，往往有異乎尋常的。有人在夢中走到一處地方，而別人居然會遇見。還有人在這裡做一件事，而別處的人居然會在夢中看見。還有兩個人在兩處同時做夢，而彼此居然互相能見到，連夢中的情況也是一樣。

武則天①在位的時候，劉幽求做朝邑②縣丞③，有一次因公出差，晚上回家。離他家還有十多里，從一所廟宇旁邊經過。聽得廟裡有人正在興高采烈地談笑。廟宇的圍牆不高，而且有幾處缺口，所以望得見裡邊的情況。劉幽求傴僂著

---

① 武則天　唐高宗（李治）的皇后，名曌，高宗死後，中宗（李顯）即位，武氏把中宗廢掉，自己做了女皇帝。

② 朝邑　縣名，即今陝西省朝邑縣。

③ 縣丞　官名，比縣令低一級。

身子，在牆外偷看，只見有十多個男女，夾雜地坐著。桌上放著幾盆菜肴，大家坐成一個圈子，正在大吃大喝。他妻子也夾在中間有說有笑。劉幽求起先不覺一愣，過了一會兒，想他妻子絕對不會跑到這裡來，但是又不捨得走開，再仔細看那婦人的容貌談笑，實在與自己的妻子一般無二。要想走近去細看，但是廟門關著，不能進去，他便在地上拾一塊瓦片丟了進去，瓦片打在桌上，盆子碗盞都打碎了。這下男女立刻走散，一霎時完全不見。劉幽求跳牆進去，與跟隨他的人一起，在殿上廊下四處找尋，可是找不到一個人，廟門還是緊緊關著。劉幽求更加詫異，急忙趕回家去。回到家中，他妻子已經睡了，聽得丈夫回家，便起來與他談話，寒暄了幾句，他妻子笑道：「剛才做了一個夢，夢中與十幾個人一同到一所廟裡去遊玩，這些人都是向來不認識的，大家在大殿外庭院裡吃飯，有人從廟外丟進一塊瓦片來，盆子碗盞都被打碎，我就驚醒了。」劉幽求也把自己所見的詳細講出來。這就是所謂有人在夢中走到一處地方，而別人居然會遇見的情況了。

元和④四年，河南元徽之⑤做監察御史，奉命出使劍外⑥。去了十多天，我與二哥樂天⑦、隴西⑧李杓直⑨一同往曲江⑩遊玩，到慈恩寺中，在各處僧房繞了一轉，玩了很長時間，然後到修行裡李杓直的家中，一同飲酒，十分高興。二哥忽然放下了酒杯，隔了好一會兒才說道：「徽之應當到梁州⑪了。」提起筆來在牆上題詩一首。那詩道：

春來無計破春愁，醉折花枝作酒籌。

---

④元和　唐憲宗（李純）年號。元和四年即西元八〇九年。
⑤元徽之　元稹，字徽之，河南人，唐朝著名詩人。
⑥劍外　劍門關之外，即今四川省梓潼、劍閣諸地。
⑦樂天　白居易，字樂天，下邽人，唐朝著名詩人。
⑧隴西　即今甘肅省。
⑨李杓直　李建，字杓直，唐隴西人，官至刑部侍郎，以清儉著名。
⑩曲江　地名，在今陝西省長安縣東南。唐時為名勝之區。
⑪梁州　古九州之一，即今四川全省及陝西省西南部。

忽憶故人天際去，計程今日到梁州。⑫

那天是二十一日。又過了十多天，梁州有使者到來，接得元黴之的一封信，信後附有〈紀夢詩〉一首，那詩道：

夢君兄弟曲江頭，也入慈恩院裡遊。
屬吏喚人排馬去，覺來身在古梁州。⑬

那做夢的日期與我們遊寺題詩的時間完全相同。這就是所謂有人在這裡做一件事，而別處的人居然在夢中看見了。

---

⑫ 這詩大意如下：「春天無法消釋那春愁，醉後把花枝折來當玉籌。忽然想起老朋友到天邊去了，算來今天可以到梁州。」

⑬ 這詩大意如下：「夢裡看見你們兄弟倆在曲江頭，我也跟你們到慈恩寺裡去遊。小吏叫人牽牛馬去，醒來才知道自己在古梁州。」

貞元⑭年間，扶風⑮竇質與京兆⑯韋旬一同從亳⑰地往秦州⑱，住在潼關⑲客寓中。竇質做了一個夢，夢中到華岳廟⑳去，遇見一個女巫，黑面孔，身材高挑。穿著青的裙子，白的襖子。在路上迎接，向他行禮，要替他向神靈祝告。竇質沒法推卻，就任憑她去祝告，問她姓什麼。她自己說：「姓趙。」竇質醒來後，詳細告訴了韋旬。第二天，他們到華岳廟前，有個女巫出來迎接客人，面貌服裝都與夢中所見的一樣。竇質便看著韋旬說道：「做夢眞有靈驗的。」便吩咐跟隨的人，看行囊還有兩串錢，便拿來給了女巫。女巫拍手大笑，向同伴道：

⑭ 貞元　唐德宗（李適）年號（西元七八五年至八〇四年）。
⑮ 扶風　縣名，即今陝西省扶風縣。
⑯ 京兆　府名，即今陝西省長安縣以東至華縣之地。
⑰ 亳　即今河南省商丘市。
⑱ 秦州　今甘肅省南部，唐時州治在今天水縣。
⑲ 潼關　關名，在今陝西省潼關縣。
⑳ 華岳廟　即西嶽華山廟，在華山頂上。

「和我所做的夢一樣了。」韋旬覺得奇怪，去問女巫，女巫道：「我昨夜做了個夢，夢見兩個客人從東面來，其中一人有鬍子，身材矮小，我替他斟酒禱告，得了兩串錢。天明起來，便講給許多同伴聽，如今果然靈驗了。」竇質問女巫姓什麼。她的同伴道：「姓趙。」自始至終竟完全符合，一點也不錯。這就是所說的兩個人在兩處做夢，而彼此竟會互相見到，連夢中的情況也是一樣。

行簡道：「《春秋》、諸子以及史書中，講夢的很多，但是從來沒有講到過這三種夢。世人做夢的很多，也沒有做過這三種夢。這是偶然的呢，還是冥冥中早已註定的，我也不知道，所以我如今把它詳細記錄下來。」

行簡道：「長安西市綢緞鋪內，有個專門替客商評定貨價的人，姓張，不知道他的名字，家裡很有錢，住在光德里。他有個女兒，生得天姿國色。有一天，女郎睡午覺，做了一個夢。夢中到一處地方，見兩扇朱漆的大門，戒備森嚴。走進門去，望見中堂上似乎擺著許多筵席，還預備奏樂的樣子。左右兩廊都掛著帳幔，有個穿紫衣的小吏，把張家姑娘帶到西邊廊下帳幔裡，見有十幾個年輕的女孩子，年紀都和張家姑娘差不多，生得都很美麗，個個戴著珠光寶氣的首飾。張家姑娘一到裡面，那小吏便催促她梳妝起來，許多女孩子幫她抹粉點朱。一會兒外邊傳呼進來，說是『侍郎到了』。女郎在帳縫中偷看，見是一位繫著紫色腰帶的大官。女郎的哥哥曾經在這大官手下當小吏，所以女郎認得他，便告訴別人道：『這是吏部沈公。』一會兒外邊又在傳呼道：『尚書來了。』有一個女郎認識的說道：『這是并州㉑節度使㉒王公。』後來外邊又連連傳呼道『某某到了』，『某某到了』，都是侍郎以上的大官。後來有六、七個大官坐在廳上，那個穿紫衣的小吏便說道：『可以出去了』，一群女孩子便走進中堂吹吹打打，鬧成一片。眾官員酒喝到高興的時候，那個并州節度使王公見了姓張的女郎，對她目不轉睛地看著，似乎特別注意她，問她道：『你學的是哪一種樂器？』女郎答道：『我從來都沒有學過音樂。』王公吩咐拿張琴來給她。女郎推說不會彈。王公道：『你儘管彈就是了。』女郎試彈一下，居然奏出一種曲調來。又給她一架箏，也是這樣。給她一把琵琶，也是這樣，其實她都不曾學過。王公道：『恐怕

㉑ 并州　今山西省及陝西省北部地，唐時州治在今太原市。
㉒ 節度使　官名，大的領十餘州，小的領二、三州，權力甚大。

你將來也許要忘記。』於是教她念一首詩，那詩道：

髻梳嫽俏㉓學宮妝，獨立閒庭納夜涼。
手把玉簪敲砌竹，清歌一曲月如霜。㉔

女郎道：『讓我回去辭別父母，過一天再來。』忽然驚醒，啼哭起來，手摸衣帶對她母親說道：『尚書教我的詩要忘記了。』趕快要一枝筆，把詩錄出來，問她什麼緣故。她一邊哭，一邊把所做的夢講了出來。而且說道『我恐怕要死了』。她母親發怒道：『你在那裡夢魘，何必講它，怎麼說出這種不吉利的話來。』女郎病了好幾天，一日，有個親戚送了酒菜來，還有人送來別的食品。家裡人喚女郎一同吃。女郎道：『我要洗一個澡，還要梳妝哩。』母親就任憑她，

㉓ 嫽俏　或作嫽釗，可愛的意思。

㉔ 這詩的大意如下：「梳個髻兒學宮裝，獨立在院子裡乘涼。手拿玉簪敲那階前竹，一曲歌時月色如霜。」

過了好一會兒，女郎打扮得非常美麗，走出來了。吃完之後，她向父母親戚一個個拜別，嘴裡說道：『時候不能耽擱，如今我要去了。』說完就蓋了被頭睡在床上，父母坐在床邊看她，不多一會兒，女郎竟然死了。這是會昌㉕二年六月十五日的事。」

〈三夢記〉見於明朝人陶宗儀所輯《說郛》卷四，據說是白行簡所著。白行簡字知退，唐朝下邽人，是大詩人白居易的兄弟。《舊唐書》卷一六六和《新唐書》卷一一九，都有他的傳。

這篇小說不見於《太平廣記》，後面所附張氏女一節寫明是會昌二年六月十五日的事，但是白行簡死於唐敬宗（李湛）寶曆二年（西元八二六年），算到會昌二年，他已經去世十六年了。因此有人疑心這一節不是白行簡所著，其實便是〈三夢記〉本身，也還有些可疑之處。《元氏長慶集·卷一七·梁州夢》第一

㉕ 會昌　唐武宗（李瀍）年號，會昌二年即西元八四二年。

句乃是「夢君同繞曲江頭」，與〈三夢記〉所錄「夢君兄弟曲江頭」不同，又這首詩的序中說道：「是夜宿漢川驛，夢與杓直、樂天同遊曲江，兼入慈恩寺諸院。」序中並未提到白行簡。至於白居易的那一首詩，題目乃是〈同李十一醉憶元九〉，也未曾提到他的兄弟，可見這個故事中並無白行簡在內。〈三夢記〉硬要把白行簡插入，所以把元詩第一句中的「同繞」二字改爲「兄弟」。這是否是白行簡自己故弄狡獪，卻很難斷定。

劉幽求一段故事，在唐朝大約是非常流行的。段成式所著的《酉陽雜俎．卷八．夢類》說道：「李鉉著《李子正辨》，言至精之夢，則夢中身人可見。如劉幽求見妻，夢中身也。」《太平廣記．卷二八一．獨孤遐叔》一條與〈卷二八二．張生〉一條，其情節都與這個故事相同，便是蒲松齡所著《聊齋志異》中的〈鳳陽士人〉一條，似乎也受了這個故事的啓示。其影響之深遠，可以概見。

元微之、白樂天的故事，又見於唐人孟棨所著《本事詩》「徵異」第五，及宋人計有功所著《唐詩紀事》卷三七，《太平廣記》卷二八二又把《本事詩》這條收入它們所敘的事，與〈三夢記〉大體相似。所錄第一句，也都作「夢君兄弟曲江頭」，似乎都是根據〈三夢記〉的。

附錄的張氏女一節，可能是後人增加上去的，我疑心所述的完全是事實，不是做夢。封建統治階級的人過著奢侈淫佚的生活，強搶民間的女子，逼迫她們做女樂、做姬妾，這在當時眞是極平常的事，作者把哀哀諸公的醜態赤裸裸地描寫出來，畢竟有所顧忌，不能不故作迷離簡悅之談，託言是夢，又因爲白行簡有紀夢的小說傳誦一時，所以附錄於〈三夢記〉之後，假託是白氏所作，蛛絲馬跡，不難看出，我認爲這一節的確很有意義，後人任意刪去，那眞是買櫝還珠了。

竇乂

扶風人竇乂，年十三歲。他的幾個姑母家都是歷朝皇親國戚。他的伯父做過檢校①工部尚書，兼閒廄使、宮苑使②。在嘉會坊有一所祠堂。他父親的親戚張敬立做安州長史③，卸任回京。安州土產出綢緞鞋子，張敬立帶了十幾雙回來，分給外甥、姪子等。各人爭先去拿，唯有竇乂不拿。後來只剩下尺寸比較大的一雙，是外甥、姪子們挑剩下來的，竇乂再三拜謝才接受下來。張敬立問他這是什麼緣故，竇乂不答。哪裡知道他卻有效仿端木賜④經營之道的遠大計畫。

① 檢校　古官名，唐宋有檢校官，從太師到各部員外郎，均為加官。
② 閒廄使、宮苑使　都是唐朝的官名。閒廄使專管御馬事，宮苑使專管御花園事。
③ 安州　即今湖北省安陸縣。長史，古官名。
④ 端木賜　字子貢，孔子弟子，善於生產謀利。

他把這雙鞋子拿到市上去賣，得到了半斤銅錢，祕密貯藏著。又私下在煉鐵的爐子裡打了三柄小鐵耙，把耙齒磨得很鋒利。五月初頭上，長安各處都有榆莢⑤飛下來。竇乂掃了一斛多。於是他到伯父家裡去，要借祠堂做溫習功課的地方，伯父答應了他。

竇乂每夜不聲不響地寄居在褒義寺法安和尚屋子裡，白天到祠堂裡去，用兩柄鐵耙開墾空地，每一行闊五寸，深五寸，排列四十五行，每行二十多步長，然後拎了水來，澆在地上，把榆莢種在泥土裡。後來逢到夏雨，這些榆莢都萌芽生長。到了秋天，密層層地每株有一尺多高，已經有千萬株了。到了第二年，榆樹已經有三尺多高。竇乂便拿了斧頭把兩株併在一起的砍掉一株，使得每株互相隔開三寸。又挑選那枝椏稠密和挺直的留下，中間砍下來的，拿繩子捆成二尺粗的柴捆，一共有一百多捆。逢到天氣陰雨的時候拿出去賣，每捆賣十幾文錢。

再是第三年，拎了水澆在從前所掘的榆樹溝中。到了秋天，榆樹中最大的已

---

⑤ 榆莢　亦稱榆錢，是榆樹的果實。

經有雞蛋一般粗了。再挑選其中枝椏稠密和挺直的留下來，其餘拿斧頭砍掉，又有二百多捆，這時候已經得到幾倍的利益了。

五年之後，便將大的榆樹砍下來，賣給人家做房屋上的椽梁。不過砍了一千多株，已經賣得三、四萬錢。其餘又直又大的木材堆在祠堂裡的，不下一千多株，都可以用來做車輛。這時候他所得到的利益已經有一百多倍，可是他自己穿的綢布衣服還是破破爛爛的，每天吃的東西也很簡單。

於是就買進四川的青麻布，每百文錢一疋，裁作四尺長短的一塊塊。僱人縫成許多小麻袋。又買進內鄉新麻鞋幾百雙。長安街坊上小孩子以及近衛軍家中的孩子時常在廟裡玩耍，竇乂每天給他們三個餅、十五文錢，又每人給麻袋一只。到了冬天，教他們拾槐樹子，放在袋裡，拾滿一袋，交給竇乂。過了一個多月，槐子便已積了兩大車。又叫孩子們去拾破麻鞋，破麻鞋每三雙換新麻鞋一雙，遠近的人聽到這消息，大家都送破麻鞋來，幾天之內，得到破麻鞋一千多雙。

然後把那可以做車輪的木材賣出去，那時又得到一百多千銅錢。便僱用一班按日計酬的工人，叫他們在崇賢西門的水澗中把破麻鞋洗乾淨，放在太陽裡晒乾，堆積在祠堂裡，又在坊門外買進幾堆人家丟掉的碎瓦片。叫工人在澗水裡把泥土洗乾淨，用車輛運到祠堂裡，堆積起來。然後置備石嘴碓五副，剉碓三副。又往西市買進油靛數石，僱一個廚子專管燒飯。然後僱用了許多按日計酬的工人，叫他們把破麻鞋鍘破，把碎瓦片舂成瓦粉，用稀布篩一下，再把槐子、油靛摻和進去，叫工人日夜加工搗爛，等到搗得各種東西融在一起，看來可以加工製造了，就將它們從石臼中倒出來，命工人用手搓成一根根的長棒，每根一律長三尺以下，直徑三寸，堆在那裡共有一萬多條。將它取名為「法燭」。

建中⑥元年六月，京城裡大雨，缺少燃料，尺把長的一根柴，價錢貴得像肉桂一般。每條巷裡連運柴的車輪都看不見了。竇乂便把這種「法燭」拿出去賣，每條賣一百文，這種法燭點起來燒飯比柴的火力還要多一倍。因此竇乂又得到無窮的利益。

從前西市秤行的南面，有十幾畝很低很髒的地，稱為「小海池」，這是旗

---

⑥ 建中　唐德宗（李適）年號，建中元年即西元七八〇年。

亭⑦以內大家堆積垃圾的所在。竇乂找到了地主，願意承購。地主不懂他什麼意思，竇乂付了三萬錢的地價，把地買下。在這地方的中央豎一根木竿，竿上掛一面旗。又在「小海池」的四周開設了六、七個鋪子，專做煎餅和團子。叫小孩子們拾了磚瓦石子，站在池邊，向旗上丟去，誰能打中竿上的旗子，便請他吃煎餅或團子。不到一個月，旗亭左右兩條大街上的孩子，大家爭先恐後地去打旗子，打了一百萬次，丟進去的磚瓦石子已經塡滿了小海池。於是竇乂規劃一下，在這地方造起店房二十間。正當進出要道，每天可以賺幾千文錢，得到的利益很厚。那要道上的店鋪，至今還在，大家稱爲「竇家店」。

又有一個胡人，名叫米亮，窮得連衣食都不周全，竇乂每次見到他，總給他一點銀錢或布帛。似這樣地周濟了他七年，從來也不要他報答。有一天，竇乂看見米亮，憐他又飢又寒，又給他五千文錢。米亮因此非常感激，對別人說道：「我米亮總有一天要報答這位大相公。」

---

⑦旗亭　是市樓的別名。

過了不久，有一天，竇乂在家，米亮忽然來見他，對他說道：「崇賢裡有一所小宅子要出賣，房價二百千文，大相公可以快買下來。」湊巧西市櫃坊裡有一筆盈余的錢鎖著，便拿這筆款子依照業主所要的房價，買了下來。訂立契約的那天，米亮對竇乂說道：「我善於辨別玉石，曾經看見這個宅子裡有一塊奇怪的石頭。別人都不知道，把它當做搗衣裳的砧。其實這石頭中間有一塊于闐美玉，大相公可以立刻成爲大富翁了。」

竇乂不相信他的話，米亮道：「不妨喚延壽坊琢玉器的工匠來看一看，便知道了。」玉工一見，大驚道：「這是很難得的貨色。把它剖開來，可以雕成腰帶扣子二十副，每副値錢三千貫。」於是就叫玉工雕成帶扣，果然得到房價的幾百倍。剩下來的玉料還雕成玉盒子和帶子兩頭的裝飾品等小雜件，賣出去又得到錢幾十萬貫。於是竇乂把這所宅子的契據贈與米亮，讓他家住在裡邊，作爲酬謝。

還有李晟⑧太尉住宅的前面，有一所小宅子，據說很不吉利。業主要出賣，

---

⑧ 李晟　字良器，臨潭人，德宗時以平朱泚功，官至司徒，封西平王。

房價二百一十千文。竇乂買了下來，四周築牆，做一個菜園，把房屋完全拆掉，磚瓦木料堆在一邊，就在園地上叫人耕種。太尉的宅子就在園地旁邊。靠邊有一座小樓，在樓上往下看，可以瞧得見園內的一切。李晟想把這園地歸併在自己的宅子裡，作爲打球的球場。過了一天，便派人去找竇乂，要把這園地買下來。

竇乂堅決不肯收受地價，說道：「我另外有一點要求。」等候李晟休息的日子，帶了園地的契據，去拜訪李晟。對李晟說道：「我買這一所宅子本來預備給親戚住，後來恐怕這地點太接近太尉的府第，窮苦人家住在這裡反而不安定。據我看來，這塊地很寬闊，可以在這裡打球玩耍。如今我把原來的地契獻上，請您賞個臉，收下來吧。」

李晟非常歡喜，私下問竇乂：「可有什麼要我幫忙的地方嗎？」竇乂道：「我不敢有這種希望，將來或許有緊要的事需要幫助，我再來告訴令公⑨。」李晟聽了這話，越發看重他。竇乂將磚瓦木料搬開，把園地收拾得光滑平坦，然後

---

⑨ 令公　中書令的尊稱。

獻與李晟。李晟每次在這地上打球，總是很感激竇乂。於是竇乂在長安東、西兩市上，挑選家財萬貫的大商人五、六名，問他們道：「你們可有子弟想要在各道或京城裡做官嗎？」這些大商人都向竇乂說道：「大相公能替我們子弟弄得一個出身嗎？我們願意每人供給開支二萬貫。」於是竇乂帶了各大商人子弟的名單，去拜訪李晟。將他們一概認作自己的親戚，請李晟提拔照應。李晟很高興地看了名單，都放了各地的肥缺，竇乂因此又得到錢財幾萬貫。

崇賢裡有個中郎將⑩曹遂興，他家廳堂下院子裡，生有一株大樹。遂興時常厭惡這株樹，因爲它的枝葉終年遮蓋著院子，不見日夜。若是把樹砍掉，又怕倒下來壓坍廳堂。竇乂知道後去拜訪曹遂興，指著那株樹道：「中郎爲什麼不砍掉它？」遂興答道：「這樹的確有些妨礙，只是我顧慮它根深柢固，恐怕把它砍掉要壓坍我所住的房屋。」竇乂願意把樹買下來，可以替他把樹砍掉，絕對不會壓坍房屋。曹中郎大喜。於是竇乂拿出五千文錢交與中郎，然後與木匠商量砍的

---

⑩ 中郎將　古武官名，地位在將軍之下。

方法，他吩咐從樹梢到樹根，每兩尺左右作爲一段，分段鋸開，還多給木匠一點工錢。截下來的木料做成雙陸⑪棋盤等幾百副，賣給鋪子，又得到一百多倍的利益。他的精明能幹，大概都像這樣。

後來竇乂年老了，沒有兒子，便把他所有的現金分給許多熟悉的親戚朋友。至於其餘產業如街西幾個大市場上各處有一千多貫，完全交與他平常寄居那廟裡的法安和尚經管，不限日期，供給他的錢也不算利息。竇乂死的時候，年紀八十多歲，京師和會裡有住宅一所，他的姪兒和族人住在裡面，許多姪孫至今還在。

這是溫庭筠所著《乾𦠆子》中的一篇，收入《太平廣記》卷二四三。溫庭筠，字飛卿，唐代祁縣人，少敏悟，工詞章，善詩，與李商隱齊名，世稱「溫李」。《乾𦠆子》是他所著的小說集，所記多當時遺聞佚事。

⑪雙陸　古時一種遊戲，如今已失傳了。

這篇小說寫竇乂運用智慧與勞動謀事，積極生產，細密有致，大約乃是眞人實事，並不是憑空捏造出來的。他雖是個富貴人家的子弟，卻不願靠親戚的提攜出仕加官，也不願靠祖上的庇蔭做一個遊手好閒的寄生蟲，他寧願運用自己的智慧。歷來小說這一類故事不易見到，所以我樂於把它選譯出來。

作者小傳

陸澹安（一八九四—一九八〇），原名陸衍文，字澹庵、劍寒，別號瓊華館主、江東陸郎、紅芳綠蕤樓主、佩蘭、何心、羅奮、顏文等。中國古典文學研究家、彈詞作家、教育家、偵探小說家、詩人、書法家。原籍江蘇吳縣洞庭後山楊灣村，家有明志堂，後毀於一九一七年。父親陸道豐、母親葉氏。一八九四年（清光緒二十年）農曆六月二十四日酉時出生於上海大東門外鹹瓜街大王廟衖甘氏木作內廿四間寓所。

陸澹安畢業於江南學院法科，獲法學士學位。早年師事孫警僧，治詩詞古文。善書法，尤長北碑，作擘窠書，一時無出其右。歷任同濟大學、上海商學院、上海醫學院等校國學教授。長期從事教育工作，曾與嚴獨鶴合辦大經中學，任教務主任，並擔任正始中學校長等職。參加過柳亞子創辦的南社和星社。賦文作詩，於當時的上海文壇即有聲名。曾任世界書局、廣益書局編輯及哈瓦那通訊社中文主筆，並創辦《金剛鑽報》、《晶報》、《紅玫瑰》等報刊雜誌。

陸澹安是中國武俠小說、偵探小說的最早創導者之一。一九二三年（民國十二年）六月，與嚴獨鶴、程小青等在滬創辦《偵探世界》（半月刊）。曾將美國電影《毒手》改編成小說，發表過《黃金美人》、《李飛探案》等偵探小說，後結集爲《李飛探案集》。

陸澹安擔任過中華電影公司、新華影片公司的編劇、導演，與洪深創辦過電影講習班。雅好戲曲，曾推介京劇名角黃玉麟的《綠牡丹集》。他在彈詞文學方面的貢獻尤爲卓著，曾編《彈詞韻》，爲編寫開篇唱句定下則例。

一九四九年以後，陸澹安潛心於學術研究和文史著述。對金石文學、先秦諸子之說以及戲曲、稗史、傳奇等都有精湛研究，著述等身，有《隸釋隸續補正》、《群經異詁》、《漢碑通假異體釋例》、《說部卮言》、《古劇備檢》、《諸子末議》等。先後出版了《水滸研究》（署名何心）、《唐宋傳奇選》（之二、之四，署名羅奮）、《聊齋故事選》（署名羅奮）等，將深奧的文言文改成通俗易懂的白話文，傳之久遠。

他還以一己之力編撰大辭典，有《小說詞語彙釋》七十二萬字（一九六四年）和《戲曲詞語彙釋》五十一萬字（一九八一年），均由上海古籍出版社出版。這兩部工具書深受海內外學術界的重視，成爲閱讀古典戲曲和小說的必備工具書，再版多次。

後記

先祖公一生恬淡，不愛浮譽，潛心於學，勤於著述，奉念「無營斯澹，能忍自安」，筆耕自得。五〇年代前，曾涉獵教育、電影、戲曲、出版、新聞等多個領域。五十五歲（一九四八年）後，深居簡出，潛心於研究經史子集、曲子稗官、金石碑版、工具書編著。此次付梓之古典小說戲曲白話本，係先祖公一九五五年（六十二歲）至一九五八年（六十五歲）間之手稿。居諸迭運，伏案揮翰，前後越四載。

日月如昨，屢易弦望。尚記得彼時我方八歲，居老宅溧陽路，先祖公在三樓，晨起便伏案寫作。每至下午三時許，下樓至會客室之沙發長几上，授我以寫方格子毛筆字，一小時後復返三樓，繼續筆耕，寒暑無間。嗣我稍長，曾有一日語我：「中國古典小說傳奇，多出自民間傳說，版本各殊，要將其譯為大眾通讀之白話本，須交代清晰，合情合理，便不能依舊文直譯。尤以戲曲為例，往往因折子所限，且間雜以插科打諢，博人一笑，以求氣氛效果。有些細節交代需讓觀者自我體味，故白話小說不能原封不動地直譯舊文。」先祖公謝世，迄已卅六稔矣，每每追念舊緒情景，恍若聲音在耳，情形在目，百感交集。

違遠已久，思量日深。手捧這些文稿手澤，在此書即將出版之際，真希望他神靈能有感知，諒定會頷首欣許。所懷千萬，非書能盡也。

丙申八月陸康於上海持衡室

掌中書 024

唐宋傳奇

作　　者 —— 陸澹安
發 行 人 —— 楊榮川
總 經 理 —— 楊士清
總 編 輯 —— 楊秀麗
叢書企畫 —— 蘇美嬌
封面設計 —— 姚孝慈
出 版 者 —— **五南圖書出版股份有限公司**
地　　址 —— 台北市大安區 106 和平東路二段 339 號 4 樓
電　　話 —— 02-27055066（代表號）
傳　　眞 —— 02-27066100
劃撥帳號 —— 01068953
戶　　名 —— 五南圖書出版股份有限公司
網　　址 —— https://www.wunan.com.tw
電子郵件 —— wunan@wunan.com.tw
法律顧問 —— 林勝安律師
出版日期 —— 2023 年 8 月初版一刷
定　　價 —— 350 元

國家圖書館出版品預行編目資料

唐宋傳奇 / 陸澹安者 . -- 初版 -- 臺北市：五南圖書出版股份有限公司，2023.08
面；　公分（掌中書）

ISBN 978-626-366-306-0（平裝）

857.14　　112010879